Axel Drom

Fjället

En plats för förlorade själar

FSC
www.fsc.org
MIX
Papper från ansvarsfulla källor
Paper from responsible sources
FSC® C105338

Illustration: HE

Förlag: BoD · Books on Demand, Östermalmstorg 1, 114 42 Stockholm, Sverige, bod@bod.se
Tryck: Libri Plureos GmbH, Friedensallee 273, 22763 Hamburg, Tyskland

ISBN: 978-91-8097-077-8

Alla platser, namn och händelser i denna bok är fiktiva. Eventuella likheter med verkliga personer, platser eller händelser är helt oavsiktliga. Boken utspelar sig i det fiktiva fjällområdet kring Bydalen, där landskapet har anpassats och överdrivits för att passa berättelsens behov. Berättelsen är inspirerad av de unika miljöer och den känsla av mystik som kan hittas i fjällens ödsliga vidder, men är helt och hållet ett verk av författarens fantasi.

Prolog

Magnus stod stilla en stund och såg upp mot himlen. Solen hade börjat försvinna bakom fjällkammen, och de långa skuggorna kröp över landskapet. Det fanns något ödesmättat över ljuset, som om naturen själv höll andan, och han kunde inte skaka av sig känslan av att han inkräktade på något uråldrigt och bortglömt. Han hade alltid älskat fjällen för deras storhet och tystnad, för den sätt de trotsade människans försök att tämja dem, men nu kände han en oro han inte kunde förklara.

Han drog upp en sliten karta ur fickan. Det var hans farfars karta, handritad med små anteckningar i blyerts vid de mest otillgängliga platserna. Magnus hade lagt oräkneliga timmar på att studera den, följt linjerna med fingret, försökt tyda de kryptiska noteringarna. Att befinna sig här, precis där farfars anteckning pekade, var både spännande och skrämmande. Var det bara nyfikenhet som drivit honom—eller var det ett rop från det förflutna han inte kunde ignorera?

En kall vind drog genom den smala skåran som skar genom fjällmassivet. Doften av sten och fuktig jord stack honom i näsan, och någonstans i djupet anade han en metallisk ton som kändes malplacerad. Han torkade svetten ur pannan med baksidan av handen, som redan var skrovlig av kylan. Marken under honom var ojämn, täckt av lösa stenar som rullade iväg vid varje steg, och han kände en viss triumf över att han ännu inte halkat omkull.

Hans tankar vandrade tillbaka till barndomens berättelser kring köksbordet. Farfar hade aldrig riktigt kunnat släppa idén om att det fanns något speciellt med just det här området. En hemlighet som, om den kom i orätta händer, kunde förändra allt. Som barn hade Magnus suttit trollbunden och lyssnat på de historierna—om ljus som dök upp utan förklaring, om ljud som ekade i nätterna, och om människor som försvunnit spårlöst. Men det hade alltid funnits en sorg i farfars röst också, ett slags vemod. En berättelse som aldrig fick sin upplösning.

Magnus kände en ilning i bröstet när han lät blicken svepa över klippväggarna. Fjällen här var inte de mjuka, rundade kullarna som lockade söndagsturister, utan hårda, vassa formationer som nästan verkade avvisa mänsklig närvaro. Det var som att platsen själv ville hålla kvar sina hemligheter i mörkret. Självklart fanns det en rationalistisk sida av honom som avfärdade allt som vidskepelse. Men ändå... Han var här, och det var inte bara av en slump.

Plötsligt stannade han upp. Det var något med vinden. Den hade ändrat riktning, blivit kallare och mer rytmisk, som om den förmedlade en varning han inte förstod. Han såg sig omkring, försökte urskilja något i de mörka skuggorna som nu täckte större delen av skåran. Ingenting—bara stenarna, de flacka väggarna och den obevekliga tystnaden. Men tystnaden i sig kunde vara bedräglig, för ibland bar vindarna med sig ekon som lät som andhämtningar eller dova fotsteg. Var det inbillning? Han kunde inte avgöra.

Magnus kände pulsen slå snabbare när han tog ett steg bakåt. Hans fot halkade på en lös sten, och han föll ner på knä med ett dovt ljud. Den kalla luften sved i hans näsborrar, och för första gången på hela dagen kände han sig verkligen rädd. Han tvingade sig själv att andas lugnt och reste sig långsamt medan han skakade av sig dammet från byxorna.

Det var då han hörde det igen—ett vagt, knappt hörbart ljud, som om någonting rörde sig i de mörkare delarna av skåran.

"Hallå?" ropade han, röstens tunnhet överraskade honom. Han hörde själv hur rädd han lät. Inget svar kom, bara ännu ett knakande ljud som fick honom att frysa till. Det fanns något osynligt i mörkret, något som övervakade honom. Han grep vandringsstaven hårdare, som om den kunde erbjuda trygghet, men egentligen visste han inte om han skulle slåss eller fly.

Att fly lät lockande, men han tvekade. Tänk om det var just här han skulle finna svaret på farfars gåta? Tänk om allt han letat efter låg bakom nästa krök, redo att uppenbaras för honom? Men ljudet kom igen, närmare denna gång, och rädslan slog knockout på nyfikenheten. Han vände sig om och började springa, trots att han visste att marken var förrädisk. Fötterna slant på lösa stenar, men adrenalinet drev honom framåt.

Ljuset från den sjunkande solen kastade långa skuggor över klippornas kant, och i ögonvrån tyckte han sig se en silhuett—en mänsklig gestalt, men onaturligt stilla. Hans hjärta dundrade i bröstet. Vem kunde befinna sig här ute, vid den här tiden? Och varför kände han en sådan oförklarlig skräck?

Han snubblade mot en klippavsats och höll på att tappa fotfästet. Vandringsstaven gled ur hans hand och landade med ett ekande klirr i djupet. Han återfick balansen i sista stund, men ansträngningen fick musklerna att darra. Inuti huvudet malde en blandning av farfars ord och hans egen panik: *Akta dig för fjällen. De låter sig inte tämjas. De tar vad de vill ha…*

Snart var mörkret nästan kompakt, och det gick knappt att se mer än ett par meter framför sig. Han tvingade sig att stanna och andas, försöka lokalisera vart han var på väg. Skåran verkade smalna av i båda riktningarna, vilket gjorde att ekot av hans egna andetag studsade tillbaka mot honom. Han kände efter ficklampan i jackfickan, men den var borta. Kanske hade han tappat den när han snubblade.

Där—ett svagt, metalliskt klickande ljud. Det var inte hans eget hjärta, och det var inte vindens sus.

Någon—eller något—var på väg mot honom. Ingen människa i hans närhet kunde röra sig så tyst. Pulsen slog som en hammares slag. Magnus öppnade munnen för att ropa igen, men inga ord kom fram. Det kändes som om strupen var igensnörd.

Han tänkte på alla historier han hade hört som barn, de om människor som försvann utan ett spår i fjällen. Kunde det verkligen vara något övernaturligt? Eller var det helt enkelt en kallblodig mördare, en smugglarliga eller någon som ville skrämma bort inkräktare? Oavsett vad det var stod det klart att han inte var välkommen.

Plötsligt skymtade han en rörelse precis i utkanten av synfältet. Han vände sig blixtsnabbt, men marken under hans fötter gav vika. Han tappade balansen och föll på sidan, kände hur en skarp sten skar genom byxtyget och sargade huden på låret. Värmen från blodet spred sig, men han hade inte tid att registrera smärtan fullt ut. Han försökte kravla sig upp, men det gick inte. Rädslan höll honom nästan paralyserad.

Ur skuggorna trädde en gestalt fram, lång och mörk, så nära nu att Magnus borde ha kunnat urskilja ansiktsdrag. Ändå låg personen i ett märkligt dis, som om skuggorna klängde sig fast vid honom—eller henne. Magnus ville fråga vem det var, ville veta vad de ville, men hans tunga lydde inte. Han var kall och svettig på samma gång, och världen snurrade omkring honom.

Han blinkade, försökte vifta bort det svartnande i ögonvrån. Men kroppen lydde inte längre, och han insåg att han började förlora medvetandet. Hans sista klara tanke gick till farfars karta, till allt det han hoppats upptäcka här. Det brände i bröstet av frustration att han aldrig fick veta sanningen.

Himlen hade nu skiftat från orange till en djup violett, och ljuset var nästintill borta. Den kalla vinden hade tystnat, och hela skåran låg i andlös förväntan. Magnus kände hur mörkret slöt sig kring honom, och ljuden från världen försvann ett efter ett. Silhuetten stod över honom, som en domare som skulle fälla sin slutgiltiga dom.

Magnus försökte resa sig, men benen lyfte inte. Han skulle aldrig få veta om farfar haft rätt. Aldrig få se morgonljuset dansa över fjälltopparna igen. Han slöt ögonen, och tystnaden blev total.

Kapitel 1

Emma Lindström satt bakom ratten på den vita polisbilen och höll blicken fast på den slingrande landsvägen framför sig. Träden på båda sidor kastade långa skuggor över asfalten, och när hon svängde runt en krök, såg hon äntligen Bydalsfjällen resa sig i horisonten. De såg nästan ut att hålla andan, mörka och massiva mot en ljus himmel. Hon drog djupt efter andan, försökte intala sig själv att detta inte var första gången hon klev in i ett nytt sammanhang, men känslan av att vara en främling fick ändå magen att knyta sig.

Hon körde vidare genom en liten by med slitna träfasader och skyltar som annonserade stuguthyrning, viltkött och hembakat bröd. Vägen var kantad av övergivna gårdar och fält där snön ännu låg kvar i små fläckar, trots att det redan var sen vår. Hennes händer kramade ratten hårdare än nödvändigt; hon märkte att hon var mer spänd än hon ville erkänna. Detta var hennes första stora utredning sedan hon lämnat Stockholm. Förhoppningen var att hon skulle kunna arbeta i lugn och ro i den här delen av landet, en tanke som kändes löjlig när hon nu verkligen var här.

När hon slutligen körde in i den lilla samlingen hus som kallades Drommen, kände hon direkt hur blickarna från några äldre män följde bilen. De stod vid en gammal traktor, med händerna instuckna i slitna jackor, och de avbröt sitt lågmälda samtal när hon passerade. Hon försökte le, men det blev ingen respons – bara tysta, granskande ögon. **Välkommen**, tänkte hon ironiskt. Hon hade hört att folk i glesbygden kunde vara reserverade mot främlingar, men hon hoppades att de inte skulle vara fientliga.

Hon svängde upp framför ett robust trähus med en skylt som annonserade **Värdshus Drommen**. Det var en byggnad med mörkt timmer och gröna fönsterluckor som såg ut att ha sett bättre dagar. Trots det fanns en viss charm i hur huset smälte in i omgivningen, som om det alltid stått där och sett över fjällens frid. Emma stängde av motorn och satt kvar en stund med händerna fortfarande hårt knutna om ratten, försökte andas lugnare. Hon var inte vanligtvis nervös, men något i luften här kändes annorlunda – kyligt och tungt, fast solen fortfarande sken.

Hon klev ur bilen och kände gruset under kängorna när hon gick mot trappan. Tystnaden var påtaglig; inga bilar körde förbi, ingen musik strömmade ur öppna fönster. Bara en svag vind som prasslade i de kala trädkronorna. När hon öppnade dörren till värdshuset slog en doft av trä, sot och nybryggt kaffe emot henne. Det fanns något både hemtrevligt och gammaldags i lukten, nästan som att stiga in i en annan tid.

Bakom disken stod en kvinna i femtioårsåldern. Hennes mörka hår var uppsatt i en slarvig knut, och hon hade en blick som manade till allvar, som om hon redan visste vem Emma var. "Polisen, va?" sa kvinnan, mer som ett konstaterande än en fråga.

"Emma Lindström," svarade Emma och försökte låta självsäker. Hon visade sitt tjänstekort, trots att kvinnan inte bett om det. "Jag är här angående Magnus Fjellman."

Kvinnan – som Emma genast förstod var **Karin Dahl**, värdshusets ägare och Magnus syster – nickade och lade ifrån sig en bunt papper på disken. "Magnus… ja. Då vet du säkert mer än jag vid det här laget. Fjället tar vad det vill ha.” Hon sa det i en ton som om hon talade om en självklar sanning, något obestridligt.

Emma sköt in en stol tillrätta vid disken och lutade sig svagt fram. ”Jag behöver all information jag kan få. När såg du honom senast? Vem var han med? Vilka skäl hade han att ge sig ut så ofta?”
Karin suckade och såg ut genom fönstret, där fjällens siluett tecknade sig mot en alltmer molnig himmel. ”Han brukade bo här mellan turerna, men den här gången var annorlunda. Han var rastlös på ett sätt jag inte sett förut. När jag frågade vad som var fel, skakade han bara på huvudet.”

Emma antecknade allt hon hörde, men hon skrev inte mer än nödvändigt. Hon ville hellre läsa mellan raderna av Karins ord, förstå mer än vad som direkt sades. Det var ofta i sådana ögonblick hon ansågs ”för duktig” av sina gamla chefer i Stockholm – hon lyssnade efter tonfall, pauser, allt som antydde någonting oväntat.
”Var han orolig?” frågade hon. ”Eller bara distraherad?”
Karin drog ihop ögonbrynen och verkade överväga hur mycket hon skulle berätta. ”Både och, tror jag.

Han sa att det var något särskilt med fjället, att det kallade på honom. Löjligt, jag vet… men Magnus brukade inte tala så."

Emma antecknade, och hon kände en kall rysning längs ryggraden. Hon hade hört den där sortens tal förut – från människor som var besatta av en idé, en ledtråd, något som ingen annan såg. "Kan jag få se hans rum?" frågade hon. "Kanske finns det någonting där som kan ge mig en fingervisning om vad han letade efter." Karin nickade tyst, plockade ner en nyckel från en krok, och räckte den till Emma. "Rum 3, uppe till vänster."

På väg uppför trappan hörde Emma ljudet av låga samtal från matsalen och doften av någon soppa som puttrade i köket. Det var som en kontrast mellan det vardagligt lugna i värdshuset och den obestämbara oro som fyllde henne. Trappstegen knarrade under hennes kängor, och hon försökte intala sig själv att detta bara var en rutinutredning. Men det var något i Karins ord… *Fjället tar vad det vill ha.* Hon ville avfärda det som folksägner, men hon kunde inte riktigt.

Rummet var enkelt möblerat med en säng, ett nattduksbord, en byrå och en stol. Fönstret vette mot fjället, och hon kunde föreställa sig hur Magnus blickat ut över landskapet innan han gav sig av. Hon tog på sig tunna undersökningshandskar av vana, trots att det inte var en brottsplats i formell mening. Stämningen här inne var märkligt tryckande, som om väggarna bar på minnen. Hon lät blicken svepa över möblerna innan hon öppnade byrån. Tom. När hon kom till nattduksbordet fann hon en hopvikt karta och en gammal anteckningsbok.

Hon öppnade anteckningsboken försiktigt. Sidorna var fyllda av anteckningar, men texten var kortfattad, ibland nästan som kodord: *Ljuset, Skåran, Sanningen*. Hon bläddrade längre in och hittade några skisser av fjället – markerade stigar, små kryss i marginalen och en rad där det stod: *Fjället gömmer mer än vi anar.* Emma kände pulsen öka. Vad hade Magnus sett här? Eller trott sig se?

Kartan var likadan, med handritade stigar och kryss. Drommenskåran var inringad med en röd penna, och bredvid hade han skrivit: *Där allt börjar.* Emma kände en kall rysning; hon visste att

Drommenskåran var en dramatisk plats, populär bland vandrare. Men att beskriva den så, som om något speciellt hände där... Det här var mer än bara en guide som gått vilse. Hon tog upp sin telefon och fotade boksidorna och kartan för framtida referens.

När hon stängde nattduksbordets låda märkte hon ett foto som hamnat halvvägs under möbeln. Hon drog fram det och såg en yngre Magnus på en fjälltopp, leende och solbränd, med kartan i handen. Det såg så sorglöst ut, som om hela livet låg framför honom. *Vad hände med den känslan?* undrade Emma. Var det samma drivkraft som fått honom att ge sig ut gång på gång tills han försvann?

Hon tog av sig handskarna och gick tillbaka ner. På vägshusets bottenplan var stämningen densamma – trivsam men tyst. Karin stod vid disken, och Emma gick fram för att överlämna nyckeln. "Hittade du något?" frågade Karin med låg röst. Emma funderade en sekund på hur mycket hon skulle berätta. "Några anteckningar," sa hon vagt. "Inget konkret än. Men jag måste upp i skåran." Karin nickade långsamt, med ett uttryck Emma inte kunde tolka. Rädsla? Respekt? ”Var försiktig. Fjället... det kan vara förrädiskt.”

Emma beställde en enkel lunch – en tunn soppa och bröd – innan hon gick och satte sig vid ett av de stora träborden i matsalen. Hon var den enda gästen. Trots kylan utanför var det varmt härinne, troligtvis tack vare brasan i hörnet som flammade svagt. Under tystnaden kunde hon höra vinden vina runt husknuten. Känslan av ensamhet var påtaglig. Hon tog fram anteckningarna och försökte pussla ihop ledtrådar. *Ljuset, Skåran, Sanningen.* Det lät som fragment ur en gåtfull berättelse, men kanske var det precis vad det var.

Efter lunchen gick hon ut för att hämta mer utrustning ur bilen. Hon hade ringt in officiella förfrågningar om närmare information kring Magnus och hans sista kända rörelser, men som vanligt var svaren i bästa fall ofullständiga. Polisen i Östersund hade kallt konstaterat att han troligen ”hamnat på villovägar” och inte sett något skäl att sätta igång en stor sökinsats. Emma var inte fullt så övertygad. När någon med erfarenhet av fjällen försvann såhär, misstänkte hon att något annat kunde ligga bakom.

När hon stängde bakluckan lade hon märke till att de äldre männen som hon sett tidigare på morgonen stod kvar vid traktorn. De pratade fortfarande lågt, men det var tydligt att de följde varje rörelse hon gjorde. Hon försökte le och lyfta handen i en hälsning, men deras ansiktsuttryck var slutna. Kanske var det bara nyfikenhet, eller så ogillade de tanken på en polis som grävde runt i deras värld. Emma bestämde sig för att inte ta det personligt – åtminstone inte än.

Tillbaka inne på värdshuset tog hon några minuter i en avskild korridor för att ringa sin chef eller åtminstone lämna ett besked om läget. Rösten i andra änden lät avmätt; det var en administratör som kort meddelade att chefen var upptagen. Emma insåg att hon var ganska ensam i den här insatsen. Trots att hon var ny i området, skulle hon behöva lita på sin egen förmåga. Kanske var det just därför hon hade åkt hit – för att bevisa för sig själv att hon kunde hantera vad som helst.

Innan hon avslutade samtalet hörde hon plötsligt Karin ropa hennes namn. Emma la på och gick tillbaka till receptionen. "Ja?" frågade hon och försökte låta neutral. "Det är en man här nere som vill prata med dig," sa Karin och nickade mot dörren. "Säger att han kanske vet något om Magnus. Jag sa att du var upptagen, men…" Hon ryckte på axlarna och såg en smula uppgiven ut.

Emma kände en stöt av nyfikenhet. "Jag talar gärna med honom." Utanför, på den knarrande förstutrappan, stod en man med slitna fjällkläder och en ryggsäck över ena axeln. Han såg ut att vara i femtioårsåldern, med väderbitet ansikte och en blick som talade om att han sett mer än de flesta. "Polisen?" frågade han. Emma nickade. "Emma Lindström. Vem är ni?" "Erik Hallgren," svarade han och flyttade ryggsäcken till andra axeln. "Jag är fjällräddare här. Jag var den som först letade efter Magnus, men…" Han suckade. "Det här är inte vanligt, ens för honom. Jag såg hur du kom hit i morse, och jag misstänkte att du skulle behöva prata med någon som känner området."

Emma kände en gnista av hopp. "Perfekt. Jag behöver all hjälp jag kan få. Tror du att du kan ta mig upp mot Drommenskåran?" Erik skakade på huvudet, men inte som ett nej, utan som en person som varna för något farligt. "Jag kan visa dig vägen. Men jag säger det redan nu – fjället tar vad det vill ha. Det måste du förstå innan vi ger oss av."

Emma log snett. "Du låter som Karin. Är det er slogan här?" Erik svarade inte, men hans blick sade nog. Det var inget skämt. Och Emma kände hur en isande rysning spred sig längs ryggraden. Hon tog ett djupt andetag och beslöt sig för att möta denna utredning med samma inställning som alltid – metodiskt och med skarp blick. Men någonstans, i bakhuvudet, fanns ändå den där tanken: *Tänk om det finns något i fjällen som inte bara är natur. Något mörkare. Något som inte vill bli hittat.*

Med en sista blick in mot receptionen, där Karin stod och såg efter dem med orolig uppsyn, följde Emma med Erik bort från värdshuset. I morgon skulle de bege sig uppåt, längre in i fjällen än hon någonsin varit. Och trots att hon var van vid tuffa förhållanden, kunde hon inte låta bli att undra om hon verkligen förstod vad hon gett sig in på.

Kapitel 2

Emma satt vid ett av de enkla träborden i värdshusets matsal och bläddrade i sin anteckningsbok. Utanför fönstret föll ett milt gryningsljus över fjällen, och man kunde nästan känna hur kylan från natten började ge vika för dagens värme. Hon hade sovit oroligt, tankarna hade vandrat kring Magnus och de nya ledtrådarna som verkade peka mot Drommenskåran. Det var alltid något med berg och skåror som gav en känsla av både skönhet och fara.

Hon tittade upp när dörren till matsalen öppnades, och in klev **Erik Hallgren** med sin karaktäristiska ryggsäck över axeln. Han hade föreslagit att de skulle ge sig iväg tidigt för att hinna upp innan de värsta vindarna började. När han fick syn på Emma, gav han ett kort, allvarligt leende och slog sig ner på stolen mitt emot henne.

"Redan vaken?" frågade han. "Har knappt sovit," erkände Emma och stängde anteckningsboken. "Så mycket som snurrar i huvudet."

Erik nickade och tog av sig jackan. Emma hade hunnit ana att han var en av de där tysta personerna som inte gillade small talk, men när han väl talade, kändes det som att varje ord hade tyngd.

"Fjällen gör så med en del," sa han lågt, som om han svarade på mer än bara sömnbrist. "De sätter sig i ditt sinne."

Hon höll med i tysthet men valde att inte svara. Istället lade hon ifrån sig boken och reste sig. Hon hade redan ätit en snabb frukost tidigare, så hon behövde bara fylla sin termos med kaffe inför dagen.

En kvart senare hade de båda packat in sig i Emmas bil och var på väg mot startpunkten för vandringen. Vädret var klarare än hon förväntat sig, solen strålade mot den bleka himlen, men Erik försäkrade henne om att det kunde ändra sig snabbare än hon anade. Vägen slingrade sig mellan kala fält och gles björkskog, och Emma kände att landskapet hade en sorts stillhet hon inte stött på förut.

"Jag tänker att vi börjar med stigen som går längs fjällsluttningen," förklarade Erik när hon saktade in för att svänga av på en smal grusväg. "Sedan viker vi in mot själva skåran. Du får se när vi väl är där. Det är... brant." "Brant?" ekade Emma och försökte låta oberörd, men hon mindes plötsligt alla berättelser om olyckor och mystiska försvinnanden i området. "Brant nog att man tänker sig för," sa han kort. "Men du verkar vara en sån som klarar det."

De parkerade vid en liten glänta där en enkel träskylt pekade mot en vandringsled. "Drommenskåran" stod det med vit färg mot mörk bakgrund. Emma klev ur och andades in den kyliga luften, kände hur något slags förväntan grep tag i henne. Hon lade märke till att Erik redan var i färd med att justera sin packning och kontrollera kartan. Hans rörelser var metodiska och exakta, som om han hade gjort detta tusen gånger.

"Härifrån är det kanske en och en halv timme upp," sa han och pekade. "Men det beror på vilken takt vi håller."
"Jag följer ditt tempo," sa Emma. Hon drog åt remmen på sin ryggsäck och nickade mot honom. "Redo när du är."

Stigen som ledde upp mot fjället var täckt av fuktiga löv och småsten, vilket gjorde den hal. Emma försökte hålla blicken både på stigen och på omgivningen – hon ville inte missa något som kunde vara en ledtråd, men hon insåg snabbt att detta inte var en typisk brottsplats. Det var en massiv plats som krävde respekt och tålamod.

"Hur länge har du bott här?" frågade hon efter en stund, mest för att bryta tystnaden. "Hela livet," svarade Erik, utan att vända sig om. "Var nere i Stockholm ett par år, men kom tillbaka. Fjällen känns alltid… riktiga, om du förstår." "Jag kan ana," mumlade Emma och tänkte på hur hon själv flytt stan för att hitta något nytt. Kanske fanns det en liknande längtan i Erik, men som istället dragit honom **tillbaka** till hans hemtrakt.

Under tystnaden som följde hörde de bara ljudet av sina steg, flåset av ansträngningen och vindens lek i fjällbjörkarna. Vinden bar med sig doften av fjällgräs och något kallt, en antydan till snösmältning i närheten. Emma blev uppmärksam på sin egen puls – en blandning av fysisk ansträngning och mental spänning.

Efter nästan en timmes vandring började terrängen bli brantare. Nu syntes inte längre några stugor eller vägar; fjället omfamnade dem i en dämpad tystnad. Sällan hade Emma känt sig så långt borta från civilisationen, och hon var mer än någonsin tacksam för Eriks sällskap.

"Strax där framme," sa han och pekade mot en ravinliknande formation. "Det där är början till själva skåran." "Imponerande," sa Emma och stannade upp för att betrakta den. Drommenskåran höjde sig som en mörk öppning i fjällkammen, och hon fick en rysning som påminde henne om Karins och Eriks ord: *Fjället tar vad det vill ha.*

De fortsatte uppåt, och stigen smalnade av till en knappt synlig stig med lösa stenar. Här och var satt enkla rep fast i klippväggen för att hjälpa vandrare, men Emma märkte att repen var slitna och inte uppdaterade på länge. Hon var tvungen att kliva över en smal, vickande plankbit som låg över en rännil av smältvatten. Hon sneglade bakåt på Erik, som bara nickade uppmuntrande.

Väl inne i den skuggiga delen av skåran sänkte sig temperaturen märkbart. Emma drog upp dragkedjan i sin jacka. Långt ovanför dem kunde hon ana en blå strimma av himmel, men här nere var det dunkelt, nästan som sen kväll trots att klockan bara var tidig förmiddag. Hon tände en ficklampa för att bättre se marken och klippväggarna.

"Det här är området Magnus talade om," sa hon, mest för sig själv. I hans anteckningar hade *Drommenskåran*stått i centrum. Här skulle han ha sökt efter något – men vad?

Hon började långsamt svepa ljuset över klippväggarna, noterade repfästen och märken som såg ut som gamla klättergrepp. Inga uppenbara tecken på färskt bruk, dock. Hon såg sig om efter något som kunde vara personliga spår: en trasa från en jacka, ett kvarglömt föremål.

Erik stod tyst och lät henne arbeta i sin egen takt. Hon uppskattade det. Det var skönt att slippa förklara vartenda steg.

Plötsligt stannade hon upp. Vid en skreva i klippväggen syntes något mörkt, en fläck som inte riktigt matchade stenens naturliga färger. Hon gick närmare, hukade sig och förde ficklampan närmare.

"Ser du det här?" ropade hon lågt till Erik, som klev fram.
"Blod?" undrade han, rynkande panna. "Kan vara," svarade Emma, försökte låta lugn. "Eller rost. Men jag tror det är blod. Inte helt färskt, men heller inte urgammalt."

Hon tog fram en steril tops ur fickan och skrapade försiktigt ytan. Om detta var blod, skulle det kunna testas. Hon märkte hur Erik såg på henne med en blandning av respekt och oro.

"Om det är blod," sa han långsamt, "då föll någon eller skadade sig ordentligt här." "Just det," bekräftade Emma. Hon registrerade platsen i sin bok: *BLOD? – klippa, 2 m upp i skåran, 11.12. L.*

De gick vidare, allt djupare in i skåran där fjällbjörkarna blev färre och vegetationen mest bestod av låga ris och lavar. Ljuset hade nu nästan slocknat under klippväggarna, och Emma kände en växande obehagskänsla. Inte rädsla, men en stramhet i bröstet, som om hon befann sig på en plats som inte ville ha henne där.

"Får du någonsin den här känslan?" frågade hon Erik med låg röst. "Vilken känsla?" "Att något betraktar dig." "Fjället betraktar oss alltid," svarade han bara. "Det är inget jag tänker på längre."

Hon visste inte om hon skulle bli lugnare eller mer orolig av det svaret, men hon valde att släppa ämnet. De hade redan vandrat i nästan två timmar när de kom fram till ett parti där klippväggarna gav vika och skapade en liten öppen yta. Här fanns rester av en eldstad, några vindskydd i form av staplade stenar och gamla fotspår som hade torkat till nästan osynlighet.

Erik gick fram och ställde ifrån sig ryggsäcken. "Folk brukar rasta här. Det är sista stället man kan sitta någorlunda skyddat innan det blir riktigt brant."
Emma nickade och lät blicken svepa över marken. Hon fick syn på något glänsande i det svaga ljuset – en tom konservburk. Hon böjde sig ner och lyfte upp den. Den hade rostat i kanterna, men inte mer

än några veckor eller månader. Människor hade varit här nyligen.

Under en paus passade Emma på att anteckna allt hon hittills funnit: blodfläcken, den rostiga konservburken, och en översikt över stigens tillstånd. Tankarna vandrade till Magnus. Om han hade kommit så här långt—varför lämnade han inga tydligare spår? Var han medvetet hemlighetsfull, eller var det något som hindrade honom?

"Hur var han, Magnus?" frågade Emma plötsligt, med blicken fortfarande fäst på sina anteckningar. Erik ryckte på axlarna. "Egen. Tystlåten, men envis. Om han trodde på något, gick han hela vägen. Jag gillade honom på sätt och vis, men jag förstod honom aldrig riktigt."

Emma log snett för sig själv. Det lät som en beskrivning av henne själv – åtminstone om man frågade hennes gamla chefer. Hon antecknade det i marginalen: *Magnus=Egen. Tron på något?*

När de hade vilat några minuter och fått i sig vatten beslöt de sig för att fortsätta ytterligare en bit.

Stigen blev smalare, och klipporna trängde ihop sig, vilket tvingade dem att gå i enkel fil. Emma noterade hur mörkret blev nästan kompakt, trots att klockan ännu inte slagit tolv på dagen.

"Här," sa Erik och stannade. "Här tar stigen slut, egentligen."
"Slut?" upprepade Emma och tittade på de branta väggarna. "Men enligt Magnus karta skulle det finnas en passage här." Erik skakade långsamt på huvudet. "Har inte sett någon. Men jag har inte letat. Kanske finns en liten väg längre upp, men det är förrädiskt. En felsteg och du kan falla långt."

Emma kände en blandning av frustration och fascination. Var detta platsen där Magnus hade trott att "allt började"? Varför fanns inget konkret bevis på att han varit här? Hon tände ficklampan och svepte den över klippväggen. Sökandet efter ledtrådar höll henne i ett slags fokuserat flöde.

"Ser du någon markering eller nåt?" frågade hon. Erik kisade i det svaga ljuset. "Inget uppenbart. Men de här sprickorna i stenen… de kan vara farliga. Folk har trampat igenom små hål och skadat sig allvarligt förr."

Hon nickade, samtidigt som hon förde handen över klippväggen för att känna om det fanns något inristat. Plötsligt fastnade hennes fingrar på en liten skrovlig yta. Hon lyste närmare: det var en inristning, gammal men ändå tydlig nog att urskiljas. Något som liknade ett tecken, kanske en bokstav, eller en symbol. Svårt att se i skumrasket.

"Erik, kolla här," sa hon upphetsat, och han kom genast närmare. "Det där... har jag inte sett förut," mumlade han. "Kan det vara en gammal sametjuridk? Eller något annat?" Emma höll fram sin kamera och tog en bild med blixt. När skenet studsade tillbaka såg det ut som två korsade linjer och en cirkel under. "Ingen aning," sa hon ärligt. "Men jag tror vi hittat något."

Stämningen skiftade plötsligt. Erik tog ett steg baklänges och såg sig om över axeln. "Känns som om vi inte är ensamma," sa han lågt, och Emma kände det också—en vag, ilande känsla av att någon eller något kunde stå gömt i mörkret och betrakta dem. Hon mindes vad Karin sagt om fjället och hur hon varnat henne. Hade Magnus upplevt samma sak?

Hon stängde av ficklampan en stund för att vänja ögonen vid dunklet. Kanske skulle hon se bättre utan den skarpa strålen. Men skuggorna blev med ens ännu mer hotfulla. Hon tände snabbt lampan igen och svalde nervositeten.

"Vi borde vända om," föreslog Erik, med en ton som antydde att han inte tänkte ge henne något val. "Att vara härinne utan ordentlig klätterutrustning är dumt." "Jag… jag antar det," sa Emma, något motvilligt. Hon kände en del av sig själv vilja stanna, ta reda på mer. Men hon visste att Erik hade rätt. Hon var inte här för att utsätta sig för onödiga risker – hon var här för att lösa ett försvinnande. Och ibland var försiktighet den smartaste vägen framåt.

De började röra sig tillbaka mot öppnare mark, och Emma sneglade bakåt flera gånger, som om hon fruktade att se en främmande silhuett bakom dem. Men inget rörde sig. Förutom hennes egen puls i öronen. Kanske var det bara paranoia. Kanske inte.

När de kom tillbaka till bilen var Emma genomsvettig av både fysisk ansträngning och psykisk spänning. Färden tillbaka till värdshuset förflöt i tystnad; Erik verkade begrunda något, och Emma själv försökte sortera alla intryck. När de anlände, såg hon Karin stå vid entrén, som om hon väntat på dem.

"Fick ni ut något av det?" frågade Karin lågmält när Emma klev ur bilen. Emma tvekade. Hon ville inte avslöja allt, men hon ville inte heller ljuga. "Vi fick en del ledtrådar. Men inget konkret svar på var Magnus är." Karin nickade, och Emma anade en skugga av lättnad över att de åtminstone var tillbaka helskinnade. "Ni borde vila," sa hon och lade huvudet på sned. "Fjället tar på krafterna."

Emma kunde inte annat än att hålla med. Hon tackade Erik för hjälpen och bestämde att de skulle gå igenom bilderna senare. Sedan tog hon en snabb dusch i sitt rum, bytte om, och slog sig ner i matsalen för en sen lunch. Dagens rätt var en gryta med lokalt viltkött och rotfrukter. Hon åt långsamt, kände hur energin började komma tillbaka.

Under måltiden gick hon igenom anteckningar och bilder i sin telefon. Blodfläcken, konservburken, den mystiska inristningen i klippväggen. Det kändes som en rad pusselbitar som ännu inte riktigt passade ihop. Men den mörka föraning hon haft i skåran låg kvar som en skugga i tankarna.

Precis när hon skulle resa sig från bordet, ringde telefonen. Hon kände igen numret – det var från den lokala polisstationen i Östersund. Medan hon svarade kände hon en vag irritation; hon misstänkte att de fortfarande behandlade fallet som en vanlig fjällolycka.

"Emma Lindström." "Ja, hej, det är Anders på stationen," sa en manlig röst. "Vi fick din förfrågan om mer bakgrund på Magnus Fjellman. Jag har kollat lite i våra register. Inte mycket att gå på. Men du ville veta om han haft konflikter? Det finns en notering om en mindre tvist han haft med en markägare..."

Emma antecknade allt Anders sa, även om det mesta lät som trivialiteter. En gammal tvist om en led som gått över privat mark, några sura ord som slängts mellan Magnus och en lokal jägare. Ingenting som tydde på att Magnus var i livsfara.

"Det är allt jag har," avslutade Anders. "Hör av dig om det är något mer specifikt du vill ha."
"Tack," mumlade Emma. "Jag uppskattar hjälpen."

Efter samtalet satt Emma tyst med telefonen i handen. Hon tittade upp och såg att matsalen nu var nästan tom, förutom en äldre kvinna och en hund i hörnet. Tidigare hade allt känts så brådskande, men nu var det som om tiden saktade ner. Fjällen krävde eftertanke, inte bara action.

Hon samlade ihop anteckningar och telefon och gick mot sitt rum, med en plan att i lugn och ro sammanställa allt hon hittills hade. Men inom sig brann en ny sorts envishet. Om ingen annan tänkte ta Magnus försvinnande på allvar, tänkte hon göra det ensam. Och när hon föll i en orolig sömn senare på kvällen, var det med insikten att hon kanske var närmare sanningen än hon själv förstod – men att fjället, så som Erik och Karin sagt, inte släpper sina hemligheter utan en strid.

Kapitel 3

Emma stod vid ett av de höga fönstren i värdshusets matsal och såg ut över dalen. Fjällen reste sig som en vägg av sten och snår, och den bleka morgonsolen avslöjade hur karg och tyst naturen kunde vara. Hon hade vaknat tidigare än hon tänkt, kanske för att tankarna på Magnus inte ville släppa taget.

I hörnet av matsalen pratade ett par turister lågt om dagens vandringsplan, och doften av kaffe och nygräddade frallor fyllde luften. Det fanns en märklig, bekant trygghet i just detta: en värdshusfrukost, en tillflyktsort från fjällets tysta hot. Hon tog en klunk av sitt kaffe och kände hur värmen spred sig i kroppen. Ändå kunde hon inte skaka av sig oron, den som gnagde bakom varje andetag: *Var är Magnus?*

"Du ser ut som om du bär världen på dina axlar," hördes en röst bakom henne. Emma vände sig och såg en kvinna i 60-årsåldern med runda glasögon och gråsprängt hår. "Jag är bara… fundersam," sa Emma och gav henne ett försiktigt leende.

"Hoppas det inte är fjället som spökar," svarade kvinnan och slog sig ner vid ett bord intill. "Har du hört om ljuset vid Drommenskåran?"

Emma hajade till. "Ljuset? Det har jag hört nämnas, men ingen har velat förklara riktigt." Kvinnan presenterade sig som **Ragnhild**, en van vandrare och "halvtidsboende" i trakten. Hon verkade nyfiken, nästan entusiastisk, över att få berätta något för en ny röst. Hon lutade sig fram, som om hon skulle avslöja en hemlighet. "De säger att ett ljus syns ibland, under vissa nätter, uppe vid skåran. Inget jordiskt. Och ibland, när ljuset dyker upp, försvinner folk."

Emma antecknade i huvudet, men hon pressade inte Ragnhild på detaljer. Istället log hon vänligt. "Tror du på det själv?" Kvinnan ryckte på axlarna. "Jag är inte vidskeplig, men jag har hört historier. Du... du är polisen som letar efter Magnus Fjellman, va?" Emma bekräftade det, och Ragnhild sänkte rösten. "Jag såg honom några dagar innan han försvann. Han var på väg mot skåran, verkade stressad. Jag frågade om han behövde hjälp, men han avfärdade mig. Ibland undrar jag..." Hon tystnade, och Emma såg hur en rynka av oro dök upp mellan hennes ögonbryn.

Efter frukosten gick Emma ut i den klara morgonluften. Hon övervägde att kolla in byn, prata med fler bybor. Kanske fanns det andra som sett Magnus nyligen. Att gå upp till Drommenskåran igen var möjligt, men hon kände att hon behövde mer information först. Hon hade trots allt redan stött på några tecken — blodfläcken, konservburken, och den mystiska inristningen i skåran — men inget som rätade ut frågetecknen om var Magnus tagit vägen.

Hon bestämde sig för att fråga runt i byn. Det var en liten samling hus, några gamla lantbruk, en övergiven butik och enstaka stugor som hyrdes ut till turister. När hon gick längs huvudgatan, märkte hon att de flesta fönster var stängda eller täckta med gardiner, som om folk höll sig inne. Eller så var de ute och arbetade någon annanstans; här var det inte mycket folksamlingar att tala om.

Hon passerade en tom lekplats — gungor som gnisslade i vinden, en övervuxen sandlåda. Kanske hade det funnits fler barnfamiljer här för tio år sedan. Nu låg platsen ödslig. Det var något i byns tystnad som påminde henne om en spökstad. Om hon inte visste bättre skulle hon tro att ingen bodde här längre.

Vid en grind till en av de större gårdarna såg hon en äldre kvinna stå böjd över en liten hund, en söt liten blandrastik som viftade på svansen. När kvinnan lade märke till Emma, rätade hon på ryggen och studerade henne med en blandning av nyfikenhet och misstänksamhet. "Ursäkta," sa Emma. "Jag heter Emma Lindström och är polis. Jag undrade om ni kanske sett Magnus Fjellman på sistone?"

Kvinnan presenterade sig som **Berith**, och hunden hette **Bella**. Berith verkade mer intresserad av att klappa Bella än att prata om försvunna personer, men hon gav ändå Emma några minuter. "Magnus? Jodå, han brukade gå förbi här ibland, på väg uppåt fjället. Han hälsade inte så ofta, men han verkade… besatt, på nåt sätt." Emma antecknade ordet: *besatt*. "Besatt av vad?"

Berith kliade hunden bakom örat och såg fundersam ut. "Ingen aning. Han mumlade ibland om 'det stora ljuset' eller nåt liknande, men jag trodde det var en poetisk beskrivning av fjället. Jag är ingen fjällmänniska, jag vill bara vara med Bella." Hon log snett. "Bosse — min man — vet mer om sånt. Han är ute nu, men ni kan komma förbi senare om ni vill."

Kring lunchtid var hon tillbaka på värdshuset, där hon såg att **Karin** stod vid disken och pratade med en man i sextioårsåldern. Han hade en smal ryggsäck på axeln och en karta i händerna. De avbröt sig när Emma klev in. "Det här är **Lars Ström**, en turist som varit här flera gånger," förklarade Karin. "Han säger att han vill prata med dig om Magnus."

Emma gav honom en kort nick. "Okej. Låt oss ta det vid ett bord."

När de satte sig, lutade Lars sig fram med allvarlig min. "Jag såg Magnus på stigen upp mot Drommenskåran ett par kvällar innan han försvann. Men det var något konstigt... jag tyckte jag såg ett ljus däruppe, mitt i skåran, mitt i natten."

Ett ljus igen, tänkte Emma. Nu nämndes det av två oberoende personer på samma dag. "Hur såg det ut?"

"Tja, det var inte en pannlampa eller en ficklampa — det var starkare. Som om... jag vet inte, som om själva luften lyste. Och när jag frågade Magnus nästa dag om han också sett det, blev han märkbart skärrad. Han ville inte prata om det."

Emma antecknade allt Lars berättade, kände en blandning av upphetsning och skepsis. Kunde det verkligen finnas ett mystiskt ljus i Drommenskåran som skrämde iväg människor? Eller var det en naturlig förklaring som förstorats upp av rykten? Oavsett vad, var detta något Magnus verkade ha sökt — och Lars upplevde att han inte var den enda som sett det.

När Lars gick, började Emma bläddra igenom sina anteckningar:

- *Magnus orolig, brådskar upp mot fjället.*
- *"Ljuset" nämns av flera.*
- *Blodspår i skåran.*
- *Konservburk, eventuellt kvarglömt av någon.*

Hon kände hur hon långsamt formade en hypotes: Magnus hade spårat något, kanske en fenomen eller något mer handgripligt, och råkat ut för… ja, vad? En olycka? En konfrontation?

Senare på eftermiddagen gick hon en kort promenad runt byn igen för att rensa huvudet. Hon passerade den lilla lekplatsen, där en katt nu strök kring en rostig rutschkana. Hon satte sig på en bänk och tog fram sin mobil för att se om hon fått svar från någon av de förfrågningar hon skickat iväg. Nästan ingenting. *Resursbrist, Låg prioritering,* typiska svar.

Hon tänkte på sin gamla chef i Stockholm, som brukade kritisera henne för att hon inte följde procedur slaviskt. Om han sett henne nu, hade han säkert sagt att hon agerade för självständigt. Men är det inte just det som behövs när ingen annan verkar bry sig tillräckligt?

På väg tillbaka mot värdshuset stannade Emma plötsligt upp. Längs den smala asfalterade vägen låg något litet och mörkt. Hon böjde sig ner och insåg att det var en handske. En enkel, svart handske i sportmodell. Kunde tillhöra vem som helst. Men när hon plockade upp den såg hon på insidan av mudden att initialerna *M.F.* var ditskrivna med en vit penna. *Magnus Fjellman?*

Hjärtat slog ett extra slag. Handsken var sliten i handflatan, som om den använts flitigt vid vandring. Den var fortfarande lite fuktig av dagg. Hur hade den hamnat här, mitt i byn och inte uppe vid fjället? Hon fotade fyndplatsen med sin mobil, och ett pirr av hopp blandades med en illavarslande känsla. Om Magnus lämnat denna här nyligen, kunde det betyda att han försökt återvända – eller så hade någon annan placerat den här för att förvilla.

Framme vid värdshuset gick hon direkt till Karin,

som höll på att sortera nycklar bakom disken. "Karin, kolla vad jag hittade," sa Emma och höll upp handsken. "Känner du igen den?" Karin stelnade till, som om hon sett ett spöke. "Jag... tror det är Magnus, ja. Han brukade märka alla sina kläder i fall han tappade nåt på fjället." Hon la handen över munnen för ett ögonblick. "Jag har inte sett den tidigare. Var hittade du den?"

"På vägen, inte långt härifrån." Emma beskrev platsen, och Karin rynkade pannan. "Men varför skulle hans handske ligga där? Om han var på väg mot fjället borde han gått i helt motsatt riktning."

Det ekade en obekväm tystnad mellan dem. Emma såg att Karin försökte hålla sig lugn, men oron i hennes ögon var tydlig. Fjället tar vad det vill ha, men vad om fjället inte var den enda fienden?

När kvällen kom, satt Emma i sitt rum och gick igenom allt hon lärt sig under dagen. Ragnhilds prat om ljuset, Lars vittnesmål om hur Magnus verkade rädd, blodfläcken i skåran, och nu den upphittade handsken mitt i byn. Ingenting pekade entydigt åt något håll, men tillsammans formade de en bild av att Magnus inte bara var en vanlig vandrare som gått vilse. Det var något större som försiggick i skuggorna här.

Hon öppnade fönstret och lät den svala kvällsluften strömma in. Långt borta syntes konturerna av fjälltopparna mot den mörknande himlen. Ibland tyckte hon sig ana rörelser däruppe, men det var säkert bara inbillning. *Eller var det?*

Precis då ringde telefonen, och hon hoppade till av ljudet. Hon väntade några sekunder innan hon svarade, nästan rädd att det skulle vara något nytt olycksbud. Men det var bara en automatisk påminnelse från hennes chef om att rapportera läget. Hon stängde av meddelandet. Hon ville inte prata med honom nu. Hon hade en känsla av att morgondagen skulle kräva all hennes uppmärksamhet, och hon ville spara sina krafter.

När hon slutligen lade sig i sängen, föll hon i en orolig sömn. Drömmar om ljus som fladdrade över fjällen, om skuggor som inte hörde hemma där, och om en kall röst som viskade: *Fjället tar vad det vill ha…* Hon vaknade flera gånger, svettig och yr, innan hon till sist föll i en mörk, drömlös vila.

Kapitel 4

Emma vaknade tidigt. Hon drömde om långa, vindlande stigar genom Drommenskåran och ett ljus som aldrig försvann ur synfältet, hur hon än vände och vred på sig. Det var som om drömmen försökte varna henne, men hon kunde inte tyda varningen. När hon slog upp ögonen kändes rummet plötsligt för litet, som om väggarna kommit närmare under natten.

Hon tog en snabb dusch, klädde sig i praktiska friluftskläder och gick ner i värdshusets matsal. Doften av kaffe och nybakt bröd var densamma som vanligt, men stämningen kändes annorlunda. Hon visste inte om det var hon själv som ändrats, eller om byn blivit ännu mer dämpad efter alla rykten om Magnus. Hon tog en kaffekopp och satte sig vid ett av borden för att tänka igenom dagens planer.

"God morgon," sa en bekant röst. Hon vände sig om och mötte **Erik Hallgrens** lugna blick. "God morgon," svarade hon, lite förvånat. "Jag hade inte väntat mig att du skulle komma hit så tidigt." "Jag tänkte kolla om du behöver mer hjälp idag," förklarade han och slog sig ner. "Du verkade inte vara klar med det du hittade i skåran."

Emma nickade. Hon uppskattade Eriks engagemang, men insåg också att hon behövde mer än bara hans sällskap. Hon behövde fler vittnesmål, fler perspektiv. Dessutom hade hon en vag idé om att ta sig till **Östersund** och se om polisarkivet där kunde ge mer. Det fanns några lösa trådar om Magnus som hon ännu inte följt upp.

"Jag tänkte faktiskt försöka prata med fler här i byn," sa hon och tog en klunk av kaffet. "Sen... kanske jag måste in till Östersund. Jag behöver kolla några dokument om Magnus." "Okej," svarade Erik. "Jag kan följa med en bit på vägen. Men jag måste tillbaka upp på fjället vid lunch – jag lovade någon att hjälpa till med en led."

Så skildes deras vägar för stunden. Efter frukosten lämnade Emma värdshuset och gick genom den svala morgonluften som bar en tunn doft av rök från vedeldade kaminer. Hon märkte att folk kastade nyfikna blickar på henne när hon passerade. Kanske spreds redan rykten om att hon hittat blodspår och konstiga ledtrådar i skåran. Kanske hoppades någon att hon snart skulle ge upp och lämna byn i fred.

Emma hade hört talas om en äldre man vid namn **Stig**, som enligt rykten "kände till allt och alla" i byn. Hon hade aldrig träffat honom, men Karin nämnde hans namn i förbifarten som en lokal "allt-i-allo" med öron på skaft. Emmas instinkt sade att hon borde söka upp honom.

Hon hittade Stig vid en gammal, vitmålad bod i utkanten av byn. Han bar en kraftig yllekofta trots solen som började värma. När han såg Emma närma sig la han ifrån sig en såg och torkade svetten ur pannan.

"Kan jag hjälpa dig med nåt?" "Jag heter Emma Lindström, jag är polis," sa hon och sträckte fram handen. "Jag utreder Magnus Fjellmans försvinnande."

Stig gav henne en granskande blick. "Jaså, ni tror inte att han bara råkat illa ut på fjället?" Emma noterade att det fanns en antydan till misstro i hans röst. "Jag vill inte utesluta något," sa hon diplomatiskt. "Men har du hört eller sett något som kan hjälpa mig?"

Stig tvekade ett ögonblick, som om han övervägde vad han skulle säga. "Jag såg honom ett par dagar innan han försvann. Han gick förbi min bod här, såg stressad ut. Jag frågade vart han var på väg, men han mumlade nåt om ljuset och fortsatte. Dumheter, tänkte jag då."

Här var det igen: "ljuset". Emma skrev ner det i sin anteckningsbok. "Tror du att han letade efter det där ljuset i fjället?" Stig ryckte på axlarna. "Kanske. Jag tror inte på sånt. Men folk blir konstiga ibland." Han föste ihop lite sågspån med foten. "Dessutom… jag hörde att du hittade blod i skåran?"

Hon stelnade till. "Hur… vem har berättat det?" Stig log snett. "Jag hör ett och annat. Ett litet samhälle, du vet." Sedan blev han allvarlig. "Ta det lugnt där uppe, fröken polis. Fjället tar vad det vill ha, men ibland är det inte bara fjället som tar."

Hennes hjärta slog ett extra slag vid de sista orden. *Inte bara fjället…* Vad menade han? Hon fick aldrig ställa frågan, för Stig hade redan börjat såga igen, och ljudet överröstade henne. Hon bestämde sig för att inte pressa honom mer just nu.

Några timmar senare satt Emma bakom ratten på väg mot Östersund. Vädret var nästan för bra för att vara sant: klarblå himmel och en mild bris. E4:an mot staden var tidvis slingrig men ändå en välkommen kontrast till de branta fjällvägarna. Hon kunde inte låta bli att njuta lite av landskapet, trots oron i bröstet.

Väl framme i Östersund styrde hon direkt mot polisstationen. Hon hade pratat med Anders där tidigare, men nu ville hon gå igenom arkiv och system själv. Hon hoppades hitta mer om Magnus bakgrund — eventuella konflikter, tidigare anmälningar, allt som kunde kasta ljus över varför han agerat så märkligt. Receptionen var välbekant i sin typiskt officiella design: neutrala färger, en vakt som skötte inpassering.

"Emma Lindström, polis," sa hon och visade sin legitimation. "Jag har ett tillfälligt tillstånd att få titta i arkivet kring försvunna personer." Vakten nickade och släppte in henne. Hon blev hänvisad till ett litet rum med en dator och en låda med pappersfiler. Känslan av att gå igenom papper, doften av dammiga mappar och den stadiga knapprytmen från tangentbordet kändes nästan nostalgisk för en tidigare Stockholmspolis som hon.

I filerna hittade hon några noteringar om Magnus: en anmälan om en marktvist för något år sedan, där han hade hävdat en vandringsleds existens mot en privat markägare. Inget dramatiskt. Hon såg också en äldre rapport där Magnus varit vittne till en olycka i fjällen. Hon noterade att olyckan involverat en vän till honom som skadat sig allvarligt i samma skåra. Var det därför han var så fokuserad på Drommenskåran?

Inga nya explosiva insikter, men tillräckligt för att förstärka bilden av Magnus som någon som inte bara var en vanlig vandrare. Han hade varit engagerad i lokala frågor, kanske besatt av att bevisa något om fjället. Emma kände en blandning av sympati och frustration – varför verkade ingen annan ta det på allvar?

När hon gick ut från stationens arkivrum höll hon nästan på att krocka med en man i uniform. Han var kort, hade rufsigt hår och ett brett leende när han igenkännande ropade: "Emma? Vad gör du här?"

Hon mindes honom som **Johannes**, en kollega från hennes korta tid i Östersund innan hon hamnat i Drommen. "Hej, Johannes," sa hon, något förvånad över att bli igenkänd.

"Jag hörde att du jobbade på något i Bydalsfjällen," sa han. "Behöver du hjälp? Du vet hur det är med resurser..." Han himlade med ögonen på ett sätt som sa att han visste exakt hur begränsad bemanningen ofta var.

Emma gav honom en sammanfattning av försvinnandet och de mystiska spåren. Han skakade skeptiskt på huvudet när hon nämnde "ljuset". "Låter som rykten i en fjällby," konstaterade han. "Men vem vet, ibland ligger det något i ryktena."

Hon frågade om han hade tid att assistera lite mer formellt, men han ursäktade sig med att han redan var uppbokad på annat. "Men hörru, ring mig om du hittar något. Jag är nyfiken på vad som egentligen försiggår där."

När Emma körde tillbaka mot Drommen hade solen börjat sjunka, och landskapet runtomkring var på väg i samma riktning. Färgerna djupnade i orange och rosa längs horisonten. Hon kände sig trött men ändå hoppfull — hon hade åtminstone fått några små pusselbitar till. Marktvisten, olyckan i skåran, allt antydde att Magnus hade en stark koppling till fjället långt innan han försvann.

Något större tycktes växa i hennes medvetande: en känsla av att "ljuset" och Drommenskåran inte bara var dumma rykten. Samtidigt var det svårt att skaka av sig en gnagande oro för att hon kanske tittade åt fel håll. Kunde det vara något mer jordnära, som en konflikt med en person, eller en olycka som slutat i tragedi?

När Emma parkerade vid värdshuset, såg hon en bil med registreringsskylt från Stockholm stå bredvid hennes. Hon kände ett stick av obehag — hennes gamla chef, kanske? Nej, det här var en civil bil. Hon klev ur och hann precis se en kvinna i snyggt anpassade friluftskläder gå in genom dörren.

"Kanske någon journalist," mumlade Emma för sig själv.

Inne i receptionen var stämningen spänd. **Karin** såg upp när Emma kom, och man kunde se en kort lättnad i hennes ögon. "Emma, bra att du är här. Den där kvinnan ville prata med dig. Hon sa inget mer än att hon är 'intresserad av Magnus försvinnande'."

Emma suckade. Journalister kunde vara envetna och leta sensationer, men kanske hade hon information att komma med. "Var är hon?" "Uppe i matsalen," sa Karin och nickade uppåt.

Emma hittade kvinnan vid ett bord, där hon redan satt med en kopp te. Hon slog sig ner mitt emot, höjde en frågande blick.

"Du söker mig?" Kvinnan räckte fram handen. "**Linnea Schultz**, frilansjournalist. Jag hörde att en erfaren polis från Stockholm jobbar med fallet om Magnus Fjellman. Jag blev nyfiken."

De utbytte artighetsfraser, men Emma var på sin vakt. Linnea frågade om detaljer kring fallet, men Emma var restriktiv. "Jag är rädd att jag inte kan dela allt just nu," sa hon korrekt. "Det är en pågående utredning." Linnea log, en sådan där professionell, behärskad min. "Jag förstår. Men jag ville bara säga att jag också snubblat över berättelser om ljuset — och om folk som säger att 'fjället tar vad det vill ha.' Låter nästan som en sektvarning, eller hur?"

Det fick Emma att haja till. "Sekt?" upprepade hon lågt. Det var en tanke hon inte utforskat än. Kunde det finnas en sammanslutning i området, gömd bakom ryktena om mystiska ljus? Eller var det här bara journalistisk spekulation?

När Linnea gått, satt Emma kvar en lång stund i matsalen. Vinden utanför hade tilltagit, och den pressade sig mot fönsterrutorna så att de skallrade. Hon kände hur de olika pusselbitarna hon samlat på sig fick henne att känna sig mer osäker än någonsin — men också mer beslutsam. Det fanns något här, något större än en enkel fjällolycka.

Karin kom fram med en kanna kaffe. "Du ser ut som om du behöver en påtår," sa hon mjukt. Emma tackade och funderade på hur mycket hon skulle dela. Slutligen suckade hon. "Karin, jag undrar... tror du Magnus kunde ha varit inblandad i något extremt? En ögrupp, en sekt, vad som helst?"

Karin stelnade till. "Jag vet inte. Han var... ensamvarg, men inte direkt religiös eller så. Men fjällen kan göra konstiga saker med människor. Vissa hittar en kraft här, andra en skräck."

Senare, när kvällen föll, drog Emma sig tillbaka till sitt rum. Hon tände sin laptop och sammanfattade alla nya ledtrådar:

- Marktvisten och olyckan i skåran.
- Vittnesmålen om ljuset.
- Den mystiska inristningen.
- Handsken i byn.
- Mötet med Ragnhild och hennes rykten.
- Journalisten Linneas antydan om en möjlig sekt eller grupp.

Hennes fingrar dansade över tangenterna, men hon kände mer och mer hur tröttheten sög musten ur henne. Och ändå, när hon lade sig i sängen, vred och vände hon på sig länge innan hon föll i en orolig slummer, fylld av bilder på ett skarpt, vitt ljus i natten och röster som hon inte kunde urskilja.

I en dröm kände hon marken ge vika under sig, som i Drommenskåran, och hon föll, föll, föll. När hon vaknade med ett ryck, var det fortfarande mörkt utanför, och hon kunde höra vinden vina runt husknuten som om fjället självt väste åt henne att hon inte var välkommen.

Kapitel 5

Emma vaknade tidigt igen, med samma oroliga känsla i magen som dagen innan. Utanför hennes fönster hade fjällen hunnit svepas in i ett tunt dimtäcke, vilket gav hela omgivningen en dov, mjölkig glöd. Hon lade märke till hur tystnaden i Drommen alltid kändes skarpare på morgonen, som om byn höll andan inför en ny dag.

Hon klädde sig i samma praktiska friluftskläder som vanligt – slitna vandringsbyxor, en mörkgrön ulltröja och den lilla jackan som höll emot den nyckfulla fjällvinden. När hon kom ner i värdshusets matsal var det påfallande tomt. Karin syntes inte till. Hon fann en ensam kanna kaffe och en korg med halvt torra frallor. Hon tog en kopp, doppade en fralla i lite smör och slog sig ner vid ett bord med utsikt mot fjällen.

Hennes blick svepte över anteckningsblocket hon haft med sig kvällen innan. Där stod det i prydliga rader:

- **Blodfläcken** i skåran.
- **Konservburken** och andra tecken på att någon varit där nyligen.
- **Ljuset** – en återkommande observation från flera vittnen.
- **Inristningen** i klippväggen.
- **Handske** med Magnus initialer, hittad i byn.

Hon läste igenom punkterna om och om igen. Inget av det kändes tillräckligt för att förklara vad som hänt, men tillsammans utgjorde de ett tydligt tecken på att Magnus inte bara "försvunnit" av en slump. Dessutom gnagde tanken på **Linnea Schultz**, journalisten som antytt något om en "sekt" eller sammanslutning. Om det låg minsta gnutta sanning i det… då kunde detta vara långt större än en vanlig vandringsolycka.

Ett par minuter senare dök Karin upp bakom disken, så tyst att Emma hajade till när hon såg henne. "God morgon," sa Karin lågt. "God morgon," svarade Emma och lade ifrån sig blocket. Hon var nära att fråga om Karin hade hört något nytt, men hon anade svaret – här talades det inte gärna öppet om rykten.

Karin började ordna med bord och stolar, men hon gick runt i rummet med en anspänd hållning. När hon till sist närmade sig Emmas bord, tog hon mod till sig: "Jag hörde att du var inne i Östersund igår. Fick du något?" Emma tog en klunk av sitt kaffe, som redan hunnit kallna. "Inte mycket. Men jag fick en känsla av att det finns mer i Magnus bakgrund än jag först trodde. Marktvister, en olycka i skåran för ett par år sedan… han verkar ha varit djupt engagerad i fjället."

Karin suckade tungt. "Han var min bror. Jag vet att han kunde vara envis. Men det betyder inte att han var vårdslös. Om han försvunnit, så har något eller någon försvunnit honom."

Den sista meningen fick Emma att rysa. "Tack," mumlade hon bara och lade undan blocket. "Jag ska prata med fler i byn idag. Se om någon annan har sett honom de senaste dagarna."

Utanför värdshuset mötte hon **Erik Hallgren** som hastade förbi med sin ryggsäck över axeln. Han hälsade kort och ursäktade sig med att han hade en sökuppgift uppe i fjällen; en grupp turister hade rapporterat att någon ropade på hjälp i en annan dal. "Jag tror inte det är kopplat till Magnus," sa han. "Men jag måste kolla." Emma önskade honom lycka till.

Kanske skulle hon själv ha velat följa med honom, men hon insåg att hennes utredning krävde något annat just nu – att prata med fler bybor, skaffa en bredare bild av området och dess invånare. Så hon började gå.

Bydalen var inte stor, men den hade en huvudgata kantad av en kombinerad lanthandel och café, en nedlagd frisersalong och ett par halvövergivna hus. När hon kom fram till lanthandeln – en liten timrad byggnad med flagande färg och en skylt där det stod "Livs & Café" – hörde hon dovt ljud av musik inifrån.

En liten klocka pinglade när hon öppnade dörren, och doften av kaffe och varma bullar slog emot henne. En ung man i tjugoårsåldern, med långt hår och flanellskjorta, stod bakom disken. Han gav henne ett vänligt leende. ”Välkommen! Vi har kaffe, bullar och lite matvaror, om du behöver.”

Emma svarade med ett artigt leende och presenterade sig. ”Jag är polis, utreder Magnus Fjellmans försvinnande. Har du möjligtvis sett eller hört något?”

Mannen – som presenterade sig som **Oskar** – skakade på huvudet. ”Jag har bara varit här några månader, extrajobbar och bor i en husvagn ett par kilometer bort. Jag såg honom kanske en gång i vintras, han köpte några burkar konserver. Men inget konstigt. Varför?”

Hon drog en kort version av vad som hänt och frågade om Oskar hört något rykte eller något om ljuset. Hans ansikte sken upp en aning. ”Ljuset? Jo, folk snackar om det. Men jag tror det är mest en myt. Ni vet, byborna gillar skrönor. Men...” han tittade lite skamset åt sidan, ”jag tycker ändå det är spännande. Kanske är det några ungdomar som hittar på. Eller en naturfenomen.”

Emma noterade hans ord i tankarna och köpte en bulle. Hon tackade för samtalet och gick mot dörren. Innan hon steg ut tog hon mod till sig: "Om du hör något mer konkret, ring mig." Oskar lovade att göra det.

På väg ut stötte hon på **Ragnhild** igen, samma äldre kvinna hon talat med dagen innan. Ragnhild gick in i lanthandeln men stannade när hon fick syn på Emma. "Fick du något napp?" frågade hon med ett litet leende, som om de delade en hemlighet.

Emma skakade på huvudet. "Nej, mest rykten om det här ljuset igen." Hon avvaktade en sekund, övervägde hur mycket hon skulle säga. Sedan tog hon mod till sig. "Ragnhild, jag undrar om du känner någon som verkligen sett ljuset nyligen, förutom du själv?"

Kvinnan rynkade pannan och la armarna i kors. "Det kanske jag gör," svarade hon svävande. "Men jag vet inte om det är min sak att dela deras berättelse."

Emma övervägde hur mycket tid hon skulle lägga på att övertala henne, men bestämde sig för att inte pressa. "Jag förstår. Men om du skulle ändra dig, eller om personen själv vill prata, be dem kontakta mig. Det kan vara avgörande för att hitta Magnus."

Ragnhild gav henne en blick som var både vänlig och sorgsen. "Du tror verkligen han lever?"

Den frågan fick Emma att stelna. "Jag hoppas det," sa hon lågt. "Så länge jag inte bevisat motsatsen."

Tillbaka i värdshuset valde Emma att sätta sig vid ett litet skrivbord i ett hörn av matsalen för att sammanställa alla nya intryck. Hon kände vikten av att hålla allt organiserat: vem hon pratat med, vad de sagt, och vilka nya frågor som dykt upp. Under tiden hade vädret ändrat sig — solen gick i moln och en kylig bris svepte in från fjällen. Regnet började smattra mot taket, vilket gav en dov bakgrundsmelodi åt hennes arbete.

Mitt i skrivandet hörde hon en harkling bakom sig. Hon vände sig om och såg **Karin** stå där med händerna knäppta. "Jag tänkte bara säga," började

Karin försiktigt, "att jag hittade något i förrådet. Någon av Magnus gamla kläder som han lämnade här. Ville du se dem?"

Emma förvånades. "Ja, tack. Det kan vara till hjälp."

Karin förde henne till ett litet förråd bakom köket, där hon pekade på en låda i hörnet. "Han glömde den för månader sedan, men kom aldrig för att hämta. Jag vet inte om det är något särskilt, men du kan kolla."

Emma satte sig ner på huk och öppnade lådan. Där låg en äldre fleecetröja, ett par slitna vandringssockor och några papper. Det sistnämnda fick hennes puls att öka. Hon drog fram dem — mestadels anteckningar om väderförhållanden, men på en av sidorna fanns en teckning eller en karta över Drommenskåran, liknande den hon sett tidigare, men med en extra notering: *"Blänkande ravin?"* och ett datum, knappt två veckor gammalt.

"Blänkande ravin." Emma kände hur hjärnan började snurra. Kunde det vara kopplat till det

mystiska ljuset? Eller var det något helt annat — kanske en bäck eller en isskår som reflekterat solljus.

På väg tillbaka till matsalen kände Emma hur tröttheten sköljde över henne. Hon hade arbetat intensivt i flera dagar nu, drömt oroligt på nätterna. När hon passerade baren i värdshuset lät hon blicken svepa över flaskorna. Hon tänkte på sin gamla ovana — den där rösten som ibland viskade att en drink kunde hjälpa henne att koppla av. Det var en kamp hon ofta vann, men inte alltid utan ansträngning.

Hon tog ett djupt andetag och slog ner blicken. Istället för en drink beställde hon ännu en kopp kaffe. Hon visste att hon behövde hålla huvudet kallt här. Magnus och hans gåta var för viktiga för att hon skulle kunna riskera att förlora skärpan.

Efter middagen gick hon en kort promenad runt värdshuset, mest för att rensa tankarna. Regnet hade avtagit, men marken var fortfarande blöt. Det fanns en upptrampad stig som ledde ner till en liten sjö nedanför värdshuset. Medan hon gick längs strandkanten, hörde hon hur vinden prasslade i buskagen. Hon kom på sig själv med att vänta sig ett ljus i fjärran, en skugga som rörde sig. Fjället kändes så nära, och ändå så avlägset.

En del av henne längtade efter att kasta sig in i skåran igen, hitta fler tecken. En annan del påminde henne om att hon behövde planera mer noggrant, kanske ta hjälp av fler kollegor. Och så fanns den där rösten i bakhuvudet som hon inte kunde definiera: en varning, eller kanske en lockelse, som sa att hon drogs mot något hon inte helt förstod.

När hon återvände till sitt rum, trött och lite frusen av den fuktiga luften, ringde hennes mobil. Hon kände en ilning när hon såg numret: det var från högkvarteret i Stockholm. Hon tvekade en stund innan hon svarade. En röst hon kände igen – **Markus Thorne**, den buttre chefen som en gång varit en av Sveriges bästa poliser.

"Lindström," sa han, med den karakteristiska bistre tonen. "Jag har hört att du kör ditt eget race uppe i Drommen. Vill du förklara varför du inte rapporterat mer regelbundet?"

Hon bet ihop. "Jag har rapporterat till min närmaste chef i Östersund."

"Mm," grymtade han, som om han inte var imponerad. "Jag vill ha en sammanfattning senast i morgon bitti. Förresten, jag kanske tar mig en tur uppåt snart. Det verkar som om du behöver mer stöd."

Emma kände en blandning av lättnad och irritation. Varför nu, när hon redan var mitt uppe i detta? "Gärna, sir," sa hon kort, lade sedan på. Trots att de inte formellt jobbat ihop under längre tid, hade hon hört rykten om Markus Thorne – en legendarisk utredare en gång i tiden, men som sedan blivit cynisk och trött på systemet. Kanske kunde hans erfarenhet vara en tillgång. Eller bara mer huvudbry för henne.

Hon sjönk ner på sängen och lät blicken vandra mot fönstret. Ute var det nu mörkt, och bara en svag månskära lyste upp himlen. Tystnaden låg över Drommen som en tjock filt. Hon tänkte på Magnus, på hur hennes egna stigar kanske gick i cirklar runt hans gåta. Var hon ens närmare sanningen?

Den gnagande känslan av att något höll sig undan, något som inte ville bli upptäckt, växte. Men hon beslöt sig för att hålla fast vid sitt löfte till sig själv: att inte ge upp förrän hon hittat svar. Även om hon inte visste vad det skulle kosta henne.

Med en suck lade hon sig tillrätta, stängde ögonen och försökte koppla av. Ett sista minne dök upp – blodspåret i skåran, ljuset som byborna nämnt, Karins varningar om fjället. Och nu även Thorne, som plötsligt tycks vilja involvera sig. En del av henne kände att stormens öga kanske inte låg långt borta. Hennes sista medvetna tanke innan sömnen tog över var en envis önskan att morgondagen skulle bringa ett genombrott, inte ännu fler frågor utan svar.

Kapitel 6

Emma vaknade före gryningen med en dov känsla av saknad och förvirring. Hon satt en stund på sängkanten, studerade rummet och hur mörkret ännu klamrade sig fast vid hörnen. **Vad var hon mer än en polis?** Frågan ekade i bakhuvudet, och hon insåg att hon sällan gav sig själv utrymme att vara något annat. Minnet av hur hon en gång älskat att rita, skriva korta berättelser i tonåren—allt det kändes så avlägset nu. Hon tog fram telefonen och bläddrade bland gamla bilder av familj och vänner. Det var längesedan hon sett dem.

Efter en stund reste hon sig, drog på sig en tjock tröja och öppnade fönstret. Kall, klar luft vällde in och svepte bort kvarlevorna av sömnen. Långt i fjärran kunde hon ana en svag strimma av ljus. **Fjällen**, tänkte hon, **och Magnus.** Det var som om de två var sammanflätade nu, en plats och en människa som lockade henne att förstå något större. Tystnaden i Drommen var både lugnande och oroväckande—som om själva byn höll andan, väntade på nästa steg.

Hon tände lampan och gick ned till värdshusets matsal, där Karin redan hade ställt fram en kanna kaffe och några torra brödkanter. Vid det här laget kändes det redan bekant; doften av sot, kaffe och kalla golvbrädor. Ingen annan verkade vaken än.

Hon slog sig ner vid ett bord närmast fönstret, tog en klunk kaffe och lät blicken svepa över dalen. Utan att riktigt veta varför, kom hon att tänka på sin uppväxt—ett hem fullt av böcker, en mamma som var sjuklig under större delen av Emmas tonår, och en pappa som försvann ur bilden tidigt. Kanske var det därifrån hon fått sin drivkraft: att om ingen annan gör jobbet, så får man göra det själv. Att hon inte bara var polis, utan också någon som bar på en envishet och en sorg som aldrig riktigt läkte.

Men här och nu fanns inget utrymme för självömkan. Hon hade en försvunnen man att hitta, och fjället verkade ha fler frågor än svar. Och ändå… hon behövde påminna sig om att hon var människa, inte bara polis. Någon som kunde sakna, hoppas och frukta.

Klockan hade inte ens slagit sju när hon traskade ut i den fuktiga morgonluften. Hon tänkte att kanske, om hon gick runt i byn i gryningen, skulle hon stöta på de mest morgonpigga invånarna—jägare, bönder eller andra som var uppe med tuppen.

Efter en kort vandring längs huvudgatan fick hon syn på en äldre man som stod vid en gammal traktor och rökte. När hon närmade sig, kastade han en misstänksam blick åt hennes håll, men Emma log artigt och presenterade sig. "Jag heter Emma Lindström och utreder Magnus Fjellmans försvinnande. Har du sett något ovanligt?"

Mannen presenterade sig som **Halvar**. Han var fåordig, men efter lite övertalning mumlade han att han sett Magnus "snoka omkring" vid några övergivna ladugårdar nära byns utkant för några veckor sedan. "Vet inte vad han letade efter. Ljus, kanske," fnös Halvar. "Folk här snackar jämt om det där ljuset."

Emma tackade honom och antecknade platsen. Övergivna ladugårdar. Varför skulle Magnus varit där? Eller var det ännu en falsk ledtråd?

Innan hon gick tillbaka till värdshuset, beslöt Emma sig för att sätta sig vid en av de bänkar som stod längs byn, nära en liten utkiksplats över dalen. Där kunde man se hur landskapet öppnade sig, med fjällen i fonden. Det fanns en sorts ro här, en ro som hon inte upplevt i storstaden på år och dagar.

Hon lät tankarna vandra: **Varför var det så viktigt för henne att lösa just det här fallet?** Det fanns andra försvinnanden, andra mysterier. Men något med Magnus—hans envisa tro på något i fjällen, hans anteckningar, hans relation till Karin—grep tag i henne. Kanske var det också känslan av att ingen annan tog det på det allvar hon ansåg att det förtjänade.

En del av henne längtade efter att bara stänga dörren, ta en paus. Kanske rita, skriva, eller ringa sin gamla vän från polisutbildningen och prata om livet. Men den envisa sidan av henne—den som varit ensam dotter till en sjuk mor—visste att man inte kunde lämna en uppgift halvfärdig, speciellt inte när någon annans liv stod på spel.

När hon återvände till värdshuset såg hon en man i 30-årsåldern stå och prata med Karin. Han hade kortklippt hår, militäriskt hållning och en lätt nervös uppsyn. Karin verkade lättad när hon fick syn på Emma.

"Det här är **Tomas**, han sa att han ville tala med dig," förklarade Karin. Tomas kastade en snabb blick på Emma. "Ja, jag hörde att du utreder Magnus försvinnande. Jag... jag var uppe i fjällen för någon vecka sedan och tror jag såg honom. Men det var på avstånd, jag är inte säker."

Emma nickade och drog fram sin anteckningsbok. "Berätta allt du minns." Tomas tog ett djupt andetag och berättade en historia om hur han sett en man med ryggsäck och keps vandra längs en bergskam i närheten av Drommenskåran. Mannen hade viftat som om han försökte få uppmärksamhet, men Tomas hade trott att han bara hejade. När han kom närmare var personen borta, som om han gått runt en krök i berget.

Emma skrev ner detaljerna. "Vilken dag var det här?"
Tomas verkade inte helt säker, men gissade

ungefär två veckor innan. *Två veckor...* stämde ganska väl med när Magnus senast setts av andra. Vad hade han gjort på en bergskam avsides från de vanliga lederna?

Resten av dagen ägnade Emma åt att prata med fler bybor, besöka de övergivna ladugårdarna Halvar nämnt, men hon fann inget mer konkret. Ladugårdarna var dammiga, fulla av spindelväv och gamla redskap, men inga tecken på nyligt besök, förutom ett par fotspår som kunde vara hur gamla som helst. Ingen fler antydan om ljuset mer än att folk verkade halvt roade, halvt skrämda av ryktena.

Hon började också inse att många höll igen när de talade med henne. Det var som om de delade en gemensam hemlighet om fjällen, men ingen ville vara den som bröt tystnaden helt. En slags omvänd lokal stolthet: fjället fick man inte kränka, inte ifrågasätta.

På sen eftermiddag återvände hon till värdshuset, nästan tomhänt, men med nya intryck om byns stämning. När hon slog sig ner i matsalen för en sen lunch (en enkel sallad och lite bröd) märkte hon att

Berith och hennes hund Bella satt i en soffa vid fönstret. Berith pratade lågt med Bosse, hennes man, och gav Emma en svag nick när deras blickar möttes.

Efter lunchen gick hon upp på sitt rum och sjönk ner på stolen vid det lilla skrivbordet. Hon bläddrade igenom anteckningarna, men tankarna gled snart iväg till hennes egna livsval. Hur hon alltid varit den som tagit ansvar, hur hon efter mammans död arbetat dubbla pass för att komma in på polishögskolan, och hur hennes enda längre förhållande tagit slut för att hon ”levde för jobbet,” som hennes ex uttryckt det. *Var det sant?* undrade hon ofta. *Är jag bara en polis, inget mer?*

Någonstans kände hon en underlig skam över att hon inte byggt ett familjeliv, ingen stabil grund utanför arbetet. Hon hade inga barn, ingen hund, ingen partner. Om hon själv skulle försvinna, vem skulle egentligen sakna henne? Tankarna gjorde henne nästan rädd. Kanske var det därför hon kände en sådan dragning till att lösa detta fall—hon identifierade sig med Magnus envishet, hans ensamhet, och ville inte att någon annan skulle tyna bort i det tysta.

Kvällen föll, och Emma fortsatte att gå igenom papper, kartor och de foton hon hade tagit under sina utflykter. Särskilt fastnade hon för en bild på den mystiska inristningen i Drommenskåran. Hon zoomade in på sin mobil, försökte urskilja form och text. Skulle det kunna vara ett gammalt samiskt tecken? Eller något helt annat, som en kod?

Precis då hörde hon mobilens surrande. Hon tog upp den och såg att det var ett meddelande från receptionen: "Du har besök." Emma rynkade pannan och steg ner för att se vem det kunde vara så här sent.

I foajén stod **Linnea Schultz**, journalisten hon träffat tidigare. Hennes blick var intensiv, och hon höll en pappersmapp i händerna. "Ursäkta att jag bara dyker upp," sa hon med ett försiktigt leende. "Men jag tror vi har gemensamma intressen. Får jag visa dig något?"

Emma var först tveksam, men nyfikenheten tog över. De slog sig ner i en avsides vrå av matsalen. "Vad är det?" frågade Emma lågt. Linnea öppnade mappen och visade gamla urklipp: artiklar om andra försvinnanden i samma fjällområde, daterade 1990-tal och tidigt 2000-tal. "Inte många, men tillräckligt för att man ska ana ett mönster," förklarade Linnea. "Flera nämner ljuset. Och i minst två fall hittades mystiska tecken inristade i klipporna."

Emma kände hur pulsen ökade när hon läste. Var detta verkligen sant? Varför hade ingen annan berättat detta? "Hur har du fått tag på det här?" "Jag gör min research," sa Linnea, aningen stolt. "Frågan är: vill du samarbeta, eller ska jag köra mitt eget race?"

Det sista lät nästan utmanande. Emma funderade. Hon var inte förtjust i att blanda in journalister, men Linnea verkade redan veta mycket. Kanske kunde hon vara en tillgång, eller en risk. Hon valde att svara diplomatiskt: "Jag är öppen för att dela viss information, om du kan göra detsamma. Men håll mig underrättad om du tänker publicera något."

Linnea log nöjt. "Jag vill bara veta sanningen. Och jag tror du är min bästa chans att hitta den." Hon stängde mappen och reste sig. "Tack för att du lyssnade. Jag hör av mig."

När Linnea lämnat värdshuset, var klockan redan sen. Emma satt kvar med tankarna i spinn. Ännu en tråd som hintade om att Magnus försvinnande inte var en enstaka händelse. Ljuset, inristningarna, tidigare försvinnanden—allt pekade mot något större. Och Linnea pratade om en *sekt* eller sammanslutning. Kunde det verkligen stämma?

Hennes mobil ringde, och hon kände en ilning av obehag när hon såg namnet: **Markus Thorne**. Den buttre chefen som bett om rapport nyligen. Hon tvekade en sekund, men tryckte sedan på svara. "Lindström," sa hon formellt. "Börjar du förstå vad du har gett dig in på?" mullrade Thornes röst i andra änden. "Jag ser dina rapporter, men jag ser också en massa lösa trådar som du inte knyter ihop."

Emma bet ihop. "Jag gör vad jag kan, sir. Det här är inte ett enkelt fall." Ett kort, hånfullt fnysande. "Tydligen inte. Jag tar mig uppåt om ett par dagar. Vi behöver reda ut det här ordentligt." Sedan la han på utan ett hejdå.

Emma lutade huvudet i händerna en stund. En del av henne välkomnade hjälp, men hon kände också en nervositet över att ha Thorne här. Skulle hans cyniska inställning krocka med hennes envisa tro på att detta verkligen var något mer än en olycka?

När kvällen övergick i sen natt, satt Emma i sitt rum och bläddrade genom bilderna Linnea hade visat. Artiklarna om försvunna personer, om ljus, om fjäll som "tar vad de vill ha". En del av henne var redo att sluta ögonen och glömma allt för några timmars sömn, men en annan del kände adrenalinet pumpa. Hur långt sträckte sig den här historian? Hade Magnus också läst samma artiklar?

Hon drog fram en anteckningssida där hon börjat skriva några rader om sig själv—bara för att påminna sig om att hon var något mer än polis. Hon skrev om sina minnen av mamman, om sin barndoms drömmar att bli författare, om hur hon alltid känt ett behov av att "lösa" saker, för att inte känna sig maktlös. När hon läste orden slog det henne att detta fall kanske var det mest personliga hon någonsin hanterat. Inte för att hon kände Magnus väl, utan för att hon såg sig själv i hans besatthet.

Hon lade sig ner utan att släcka lampan. Fjällen omgav henne, inte bara fysiskt utan som en skugga i tankarna. Hon var fortfarande mer människa än polis, påminde hon sig själv, trots att arbetet definierade det mesta av hennes liv. *Ta det lugnt,* tänkte hon. *En dag i taget.*

Men i sömnen jagade bilderna henne ändå: en rasande vind genom Drommenskåran, ett ljus som flammade upp i mörkret, och Magnus röst, viskande hennes namn som om han behövde hennes hjälp. Hon insåg att hon inte kunde vända ryggen åt detta, hur farligt det än kändes. Någonstans därute väntade sanningen, och hon var fast besluten att hitta den—kosta vad det kosta ville.

Kapitel 7

Emma slog upp ögonen innan väckarklockan hann ringa. Hon hade somnat sent efter gårdagens samtal med journalisten Linnea och en natt fylld av oroliga drömmar. Hon gäspade och satte sig upp i sängen. Rummet var kallt, och när hon gick mot fönstret och drog undan gardinerna såg hon att världen utanför var inlindad i en tunn dimma. Fjällen syntes bara som skuggiga konturer, men hon kunde redan ana hur de skulle ta form när ljuset väl bröt igenom.

Hennes första tanke föll på **Markus Thorne**, den buttre chefen som lovat att dyka upp snart. Hon kände en vag klump i magen vid tanken på hans ankomst. Skulle han stjälpa eller hjälpa? Men kanske var hans erfarenhet en välsignelse – någon som kunde se samband hon själv missade.

Hon drog på sig sina vandringskläder och gick ner till matsalen för att hitta lite kaffe. När hon kom ner stod **Karin** redan där, med dyster min. "God morgon," sa Emma lågt. Karin svarade med en nick men undvek ögonkontakt.

"Hur mår du?" frågade Emma försiktigt. Karin suckade. "Jag önskar jag hade bättre nyheter om... allt." Hon tvekade. "Det går rykten i byn att du ska dra ihop en skallgång?"

Emma nickade. "Jag funderar på det. Med så många ledtrådar, men så lite konkreta bevis, är det rimligt att göra en ordentlig sökinsats. Vi behöver fler ögon där ute."

Karin blev blek, men en skymt av hopp tändes i hennes blick. "Om det kan hjälpa dig att hitta Magnus..."

Efter frukosten satte sig Emma vid ett av de större träborden i värdshusets foajé och bredde ut en detaljkarta över området. Hon hade noterat alla platser där Magnus setts, alla ställen som byborna nämnt, och inte minst Drommenskåran. Hon markerade med små färgade tejpbitar var hon önskade att frivilliga skulle söka. Hon såg hur många kilometer fjällterräng det faktiskt var – branta sluttningar, skogspartier och öppna hedar. *Inte konstigt att ingen hittat honom om han fortfarande är där ute,* tänkte hon dystert.

Hon kände närvaron av **Erik Hallgren** innan hon ens vände blicken. Han stod bredvid henne och studerade kartan. "Du siktar högt," sa han lågt.

"Kanske," svarade Emma. "Men jag måste försöka. Om Magnus finns där ute eller om det finns fler spår, vill jag inte missa något."

Erik lutade sig över kartan. "Jag kan ta området kring norrsluttningen. Jag känner den ganska väl." Emma nickade tacksamt. "Jag tänkte fråga om du kunde göra just det. Kanske behöver vi också klättrare för vissa partier av skåran."

Hon antecknade Eriks erbjudande och kände en viss lättnad – en skallgång skulle kräva både erfarenhet och resurser. Hon visste att en hel del bybor skulle vara tvekande, men om någon som Erik tog täten, kunde hon få ihop tillräckligt folk.

Senare samma förmiddag gick hon runt i byn för att dela ut lappar om den planerade skallgången. Hon försökte möta folks frågor med lugn och saklighet: "Vi behöver hjälp. Magnus kan finnas därute, eller åtminstone hans spår." En del verkade vara på, men andra skakade på huvudet. ”Fjället tar vad det vill ha,” upprepade några, som om det var en naturlag snarare än en olycka.

När hon kom till byns lilla kombinerade affär/café – samma hon besökt förut – pågick en hetsig diskussion mellan en man i jaktkläder och en kvinna med en bebis i famnen. Emma klev in i bruset av röster.

”Jag säger att det är slöseri med tid!” röt jägaren. ”Han är borta, det är inget mer att göra.” ”Så du vill inte ens försöka?” svarade kvinnan ilsket. ”Om det var du som försvunnit…?”

Emma steg emellan. ”Ursäkta, är allt okej här?”

Jägaren, som presenterade sig som **Håkan**, vände sig mot henne och fräste: ”Kommer ni utbölingar hit för att säga åt oss vad vi ska göra?” Kvinnan—**Greta**—skakade på huvudet och sade: ”Vi har rätt att leta efter en man som kan vara i fara.”

Emma lyfte händerna i en försonande gest. ”Jag förstår att det finns olika åsikter. Men jag tror på en skallgång. Jag respekterar om ni inte vill delta, men anklaga inte andra för att de bryr sig.”

Håkan muttrade något ohörbart och gick ut, smällande i dörren. Greta strök bebisen över ryggen och skakade på huvudet. ”Det är många som tänker som han. De vill inte riva upp mer än nödvändigt. Men jag säger – kan vi rädda någon, eller få klarhet, så måste vi.”

Emma antecknade i huvudet: En by kluven av rädslor och traditioner. *Fjället tar vad det vill ha,* men människors oro och egenintresse kunde också vara hinder.

Tillbaka vid värdshuset lade Emma fram kartan och satt en stund för sig själv, funderande på resurser. Hon kunde organisera en skallgång, men med den kuperade terrängen och avstånden kändes det otillräckligt. Tanken på en helikopter sökande över fjälltopparna hade lockat henne ända sedan hon först insett hur besvärligt det var att söka till fots.

”Vi kanske behöver helikopter också,” mumlade hon för sig själv. Hon visste att polisen i Östersund inte hade resurser för en stor operation, särskilt inte utan bevis för att brott låg bakom. Men om hon kunde övertyga någon privat pilot, någon lokal som ägde en helikopter för jakt eller turism… Det kunde bli en väg framåt.

Ute i foajén hörde hon plötsligt en ny röst, lät bestämd och lite kaxig. När hon klev ut såg hon en man i pilotjacka stå och prata med Karin. Hans kroppsspråk avslöjade både självsäkerhet och otålighet.

”Vem är du?” frågade Emma, kliver fram. Mannen presenterade sig som **Jens**. ”Jag har hört att du letar efter Magnus. Och att du överväger helikopter.”

Emma tände en gnista hopp. ”Ja, vi behöver bättre överblick. Kan du…?” Jens ryckte på axlarna. ”Jag är pilot och känner fjällen. Men jag gör inget gratis, och det kan vara farligt i de här vindarna.”

Hon bokstavligen kände hur adrenalinet steg. Detta kunde vara hennes chans att få en mer omfattande sökinsats, men hon ville inte låta sig pressas för hårt. ”Låt oss diskutera villkoren,” föreslog hon med en lugn ton.

Karin drog sig diskret tillbaka, och Emma och Jens satte sig i en hörna för att prata. Han berättade att han mest flög för jakt och transporter, att han kände fjället som sin egen ficka, och att han hört fler och fler rykten om ljus och försvinnanden. ”Jag är nyfiken,” erkände han. ”Men det här är inte välgörenhet.”

Emma beslöt sig för att lova honom en viss ersättning ur en pott av medel som hon kunde försöka begära via polisen, och kanske lite privat insamlat från byns engagerade. Jens gick med på det, men insisterade på att Emma behövde ge honom tydliga koordinater och en plan. ”Jag flyger inte runt på måfå,” sa han skarpt.

De kom överens om att höras av så snart hon var redo. *Kanske*, tänkte Emma, *är det här den pusselbit jag saknat*. Men hon kände också en isande visshet om att helikopterflygningar i fjällen inte alltid var säkra. Hon kunde inte ana att detta val skulle leda till en ödesdiger händelse i framtiden – men en underton av oro ilade genom kroppen.

Under eftermiddagen fick Emma ett samtal från en annan polisstation i Östersund: **Saga**, en yngre kollega som arbetade under Thornes avdelning. Sagas röst lät nervös men angelägen: "Jag hörde att du funderar på skallgång och helikoptersökning. Hur går det med resurser? Thorne säger att vi inte har mycket att ge, men jag vill gärna hjälpa."

Emma kände värme över erbjudandet. "Tack, Saga. Jag jobbar på en plan för skallgång i helgen. Kanske kan du komma upp och assistera?" Saga lät tveksam. "Jag får se hur mitt schema är. Men jag beundrar din envishet. Thorne muttrar mycket om att du kanske jagar ett spöke."

Emma suckade. "Han får muttra. Men jag behöver allt stöd jag kan få."

När samtalet var över noterade Emma hur nära det kändes att hon stod ensam i detta, trots att polisen formellt visste vad hon gjorde. En del av henne undrade om Thorne brukade vara så här avståndstagande, eller om han såg något hon missade. *Oavsett,* tänkte hon, *måste jag fortsätta.*

Senare på eftermiddagen samlade hon några bybor vid värdshuset för att diskutera skallgången, men stötte på motstånd från flera håll. **Håkan** – jägaren – dök upp igen och menade att det var "rent larv" att dra in folk på fjället när vintern inte ens släppt helt. Någon annan klagade på att det tog för mycket tid från deras arbete. Stämningen var nästan upprörd.

"Jag tvingar ingen," sa Emma, försökte låta bestämd men lugn. "Jag vädjar om er hjälp. Om ni inte vill, så är det ert val. Men klaga inte om vi inte hittar honom."

En äldre kvinna i mössa – **Ingrid** – klev fram. "Jag tycker vi ska hjälpa," sa hon med låg men skarp röst. "Fjället tar vad det vill ha, men kanske kan vi ta tillbaka en del av det. Vem vet?"

Ingrid och ytterligare några personer anmälde sig villigt, vilket gav Emma åtminstone en liten grupp frivilliga. Hon antecknade deras namn och telefonnummer. Hon visste att det inte var tillräckligt för en stor skallgång över hela fjället, men det var en början.

Efter mötet, när kvällen föll på, sjönk Emma ner på en stol i värdshusets matsal. Hon kände en dov värk i kroppen, som inte bara kom av fysisk ansträngning utan av mentalt slit. Hon var mer än polis – hon var också en person som bar på osäkerhet, ensamhet, och en växande oro över att hon kanske inte skulle lyckas rädda Magnus.

"Du ser utmattad," sa **Karin** när hon gick förbi. "Jag kan fixa lite te, om du vill." Emma log tacksamt. "Gärna. Tack, Karin."

Hon fingrade på anteckningsblocket och fastnade vid en tom sida. Utan att tänka började hon rita några enkla streck: en silhuett av fjäll, en stig, ett ljus i horisonten. Minnet av hur hon brukade gilla att teckna som ung föll över henne som en varm våg. Varför hade hon slutat? Kanske för att jobbet aldrig gav utrymme.

När Karin kom tillbaka med en kopp ångande örtte, satte hon sig ner på en stol mitt emot Emma, som om hon bestämt sig för att dela något. "Kan jag berätta en historia?" frågade hon tyst. Emma nickade, nyfiken.

"Det här är kanske dumt," sa Karin och sänkte blicken. "Men när jag var liten, berättade min mormor om hur folk brukade offra saker uppe i skåran för att blidka fjället. Små saker, som mat eller amuletter. Hon sa att det var för att fjället inte skulle bli argt."

Emma andades in djupt. Hon hade hört sådana gamla berättelser men aldrig tagit dem på allvar. "Och Magnus...?" Karin log sorgset. "Magnus skrattade åt allt sånt när vi var små. Men jag tror att ju äldre han blev, desto mer började han tro att det kunde finnas en sanning bakom legenden. Jag kan inte bevisa det, men jag märkte en förändring i honom. Som om han verkligen kände att fjället kallade."

Emma antecknade i huvudet: Magnus hade gått från skepticism till en slags tro. Kanske var det nyckeln till varför han försvann. Men hur passade ljuset, blodspåren, och nu den annalkande skallgången in?

När klockan började närma sig elva på kvällen, skar en ringsignal genom tystnaden i värdshusets foajé. Emma, som satt och sorterade sina papper, ryckte till och drog upp telefonen.

"Lindström," svarade hon. En manlig röst i andra änden – **Jens**, helikopterpiloten. "Jag kollade väderleksrapporten för helgen. Om du ska göra skallgång, kan jag ställa upp med helikopter på söndag, men bara om vinden håller sig under 10 m/s. Annars är det för riskabelt."

Emma nickade åt ingen och svarade: "Jag förstår. Jag meddelar dig om planen står fast."

"Kom ihåg att jag inte gör detta gratis," inflikade Jens.
Emma avslutade samtalet med en artig tack. Sedan stängde hon av telefonen och lutade sig bakåt i stolen. Allt föll på plats i en sorts plan: Skallgång i helgen, möjlig helikoptersökning med Jens —

förutsatt att väder och finanser tillät. Och om Markus Thorne dök upp... Ja, då kunde han få se hur långt hon kommit.

Men en vag oro bet sig fast i henne. Helikoptrar i fjällen var ingen lek. Hon hade hört historier om snabba väderomslag, plötsliga kastvindar, och olyckor. Om hon skulle flyga, behövde hon vara säker på var hon skulle leta. Och ändå kände hon en envis övertygelse om att detta var rätt väg att gå. Hon kunde inte förklara varför, men en röst inom henne sa att helikoptern skulle bli nyckeln.

Innan hon gick till sängs den kvällen, gick Emma ut på verandan. Stjärnhimlen ovanför fjällen var klarare än hon någonsin sett den i Stockholm, och hon kunde urskilja Vintergatan som ett svagt, mjölkigt band över mörkret. Kylan bet i hennes kinder, men hon stod kvar, fascinerad och skrämd av hur stor världen kändes här.

Hon tänkte på hur mycket som kunde gå fel i en skallgång i den här terrängen, hur mycket ansvar hon tog på sig genom att be andra följa henne in i fjällets hjärta. *Tänk om någon annan råkar illa ut?*

Hon slog undan tanken. Att ge upp var inget alternativ. Magnus förtjänade sanningen — vare sig han var död eller levande.

Med en sista djup suck gick hon in och stängde dörren mot nattkylan. Imorgon skulle hon samla ihop fler detaljer, fler människor.

Kapitel 8

Emma stod i värdshusets entré och såg ut genom fönstret. Fjällen i horisonten syntes bara som mjuka, grå nyanser i den tidiga morgondimman, men hon kunde urskilja hur konturerna långsamt trädde fram när solen steg. Hon kände att dagen kunde innebära ett genombrott eller en besvikelse – allt berodde på hur de kommande timmarna utvecklade sig.

Hela kvällen innan hade hon samlat in folkets kontaktuppgifter för skallgången, ringt några av dem som tvekade och försökt övertyga dem. Nu var det dags att se vilka som faktiskt skulle dyka upp. Hon kunde inte låta bli att känna en klump i magen. Tänk om ingen kom?

Klockan var knappt sex, men doften av kaffe spred sig redan genom värdshusets matsal. Hon hörde Karin slamra i köket och enstaka steg från de gäster som var morgonpigga nog att vilja se gryningen. Emma drog ett djupt andetag och greppade sin anteckningsbok, redo för vad som helst.

Karin hade dukat upp enkelt i matsalen: en kanna kaffe, en hög smörgåsar och en liten skylt med texten "Samling för skallgång kl. 06.30." Emma uppskattade gesten. Hon satte sig vid ett av de större borden, där en stor karta låg utbredd. Med rött hade hon markerat de områden hon ville att grupperna skulle genomsöka; med blått hade hon ritat in alternativa stigar och skyddsutrymmen i fjällen.

Strax efter halv sju började folk droppa in. **Erik Hallgren** var först, klädd i rejäla vandringskängor och med en ryggsäck som var fullproppad med klätterrep och nödutrustning. Han nickade åt Emma, och hon log tacksamt tillbaka. Kanske var han den viktigaste stöttepelaren i byn för hennes planer; flera lyssnade på honom tack vare hans kännedom om fjället.

Sedan dök **Berith och Bosse** upp, med lilla hunden Bella i släptåg. Emma höjde förvånat på ögonbrynen när hon såg den lilla hunden, men Bosse flinade. "Hon gillar att vandra, men vi tänker inte gå någon farlig led. Vi kan ta den nedre stigen som du pratade om." Emma tackade dem varmt och antecknade deras frivilliga insats.

Fler anslöt: **Ragnhild**, den äldre kvinnan som nämnt ljuset; **Greta** med bebisen hade lämnat bebisen hos sin syster och beslutat att hjälpa till; till och med **Håkan** – jägaren som varit så motsträvig – stod plötsligt i dörröppningen, med en bister min men ändå redo med kängor och ryggsäck. Kanske var det byns uppmaningar eller ren nyfikenhet som fått honom att ändra sig.

När ett dussin personer var samlade i matsalen, reste sig Emma och slog försiktigt i en kopp för att få deras uppmärksamhet. "Tack för att ni kom," sa hon. "Jag är tacksam att ni vill hjälpa mig att söka efter Magnus Fjellman. Jag vet att inte alla tror att han kan hittas vid liv, men varje spår eller ledtråd är värdefull."

Hon pekade på kartan: "Min plan är att dela upp oss i tre grupper. Grupp A: följ den västra stigen runt Drommens fot. Grupp B: tar norra sluttningen. Grupp C: går längs Drommenskårans nedre del och tar sig upp mot platån. Jag själv tänker följa Grupp C, då jag redan varit där uppe och funnit vissa spår. Om vi inte hittar något idag fortsätter vi imorgon, om ni orkar."

Flera par ögon granskade kartan, ställde frågor om terräng och väder. Erik, som visste mest om fjället, hjälpte till att förklara var det kunde vara blött och halt, var rep fanns för brantare partier och var man kunde hitta lämpliga rastplatser.

"Det är viktigt att ni inte går ensamma," underströk Emma. "Alltid minst två i varje undergrupp. Hittar ni något misstänkt – kläder, blodspår eller tecken på lägereld – så hör ni av er direkt på radion eller mobilen."

När de en stund senare stod ute på grusplanen framför värdshuset, betraktade Emma gruppen med en känsla av både stolthet och oro. Vissa såg bestämda ut, redo för vad som helst, medan andra verkade tveka. Men hon insåg att den här sortens frivilliga insatser ofta bar frukt. Var och en kunde hitta något hon själv hade missat.

Karin kom ut med en bricka varm choklad i små muggar, som om hon ville skicka iväg dem med en glimt av omsorg. De flesta tog en mugg och drack tacksamt. Emma kände en märklig värme i bröstet: byn var inte så enig som hon hoppats, men de var tillräckligt engagerade för att dyka upp. *Det kanske är allt som krävs*, tänkte hon.

Erik höll en kort genomgång av väderläget: "Molnen kan komma in under eftermiddagen, men annars är prognosen ganska stabil. Temperaturen runt fem grader, men kallare uppe på höjderna." Emma la till att hon hade kontakt med en pilot vid namn **Jens**, som eventuellt kunde hjälpa till från luften om vädret tillät. En del rynkade på näsan; helikoptrar i fjällen var dyrt och riskabelt, men Emma ansåg att det kunde vara avgörande.

Efter att grupperna fördelats, gav de sig av. Emma gick med Grupp C: **Ragnhild**, **Bosse**, och **Håkan** – en oväntad konstellation, men hon hoppades att Håkans fjällvana skulle väga upp hans tidigare motvilja. De följde en stig som först slingrade sig genom låga björkar och sedan började stiga brant upp mot Drommenskårans nedre del. Under vandringen försökte hon småprata för att lätta stämningen, men mestadels gick de i tystnad, fokuserade på att spana efter något ovanligt.

Efter knappt en timme märkte hon att Håkan saktade in och tittade runt, som om han såg platsen med nya ögon. "Har aldrig letat så här," mumlade han. "Har alltid jagat eller kört skoter, men aldrig... letat efter en människa på det här sättet." Emma kände en oväntad respekt för att han ändå var här. "Vi gör vad vi kan," svarade hon.

De hittade inga direkta spår, men ibland stannade de för att studera en märklig formation eller en misstänkt färg i snön. Varje gång var det falskt alarm. Men Emma antecknade flitigt: exakta platser, klockslag, allt som kunde vara värt att följa upp.

Vid lunchtid tog de rast vid en klippavsats som bjöd på magnifik utsikt över dalen. Flera hundra meter nedanför dem låg samma hedar och skogar där Grupp A och Grupp B nu sökte. Emma kunde ana små färgprickar av vandringskläder, vilket fick henne att känna en viss lättnad: ingen hade gett upp i förtid. Ragnhild plockade fram en termos med buljong och delade med sig.

Plötsligt bröt en radioröst tystnaden:

"Grupp A här. Emma, hör du mig?" Emma fumlade fram radion. "Jag hör, kom." "Vi hittade en sönderriven tygbit fastkilad i en buske. Ser ut som en del av en ryggsäck. Svart, med lite rött. Kan vara Magnus, men inte säkert. Snett nordväst om stigen.”

Emma tog ett djupt andetag av lättnad och spänning. Äntligen en ledtråd. Hon instruerade Grupp A att markera platsen och ta bilder. De skulle inte röra föremålet alltför mycket, för att inte förstöra potentiella spår. Emma kände pulsen stiga; kanske var detta den första konkreta pusselbiten som tydde på Magnus existens nära Drommenskåran.

När de återupptog sökandet mot skåran kände Emma en gnagande känsla av att något kunde vara fel. Hon kom ihåg de hemska historierna om olyckor i fjällen, och hur Magnus själv kunde ha varit en av dem som snubblat, frusit, eller något ännu värre. Samtidigt hade hon berättelserna om ljuset och inristningarna. *Vad om någon, eller något, medvetet skrämmer bort människor här?*

De fick inget mer napp under eftermiddagen. Istället möttes de av starkare vindar och fallande temperatur. Tunga moln rullade in över fjället, och sikten försämrades snabbt. Emma insåg att de snart måste avbryta dagens letande. När hon radioade ut detta beslut hörde hon en samlad, men lite besviken, respons från de andra grupperna. Ingen hade funnit tydliga tecken på Magnus, förutom den sönderrivna tygbiten.

"Vi samlas vid värdshuset om en timme," meddelade hon i radion. "Bra jobbat, allesammans."

Det var skymning när alla återvände. En lätt duggregn hade börjat falla, och fukt klibbade i luften. Matsalen i värdshuset fylldes av röster och blandade känslor: vissa var uppgivna, andra kände sig hoppfulla tack vare tygbiten. Emma gick runt och tog in rapporter, antecknade noggrant var alla varit och vad de sett.

Grupp A, som hittat tygbiten, överlämnade den försiktigt i en plastpåse till Emma. Den var mörkgrön med en trasig dragkedja, något färgad av jord och mossa. Var det verkligen Magnus? Kanske. Hon bestämde sig för att packa ner den i en bevispåse och skicka iväg för analys så snart hon kunde.

Flera bybor verkade ändå nöjda med insatsen, om än trötta. **Berith** och **Bosse** gick iväg med sin hund Bella, lovade att återkomma om Emma behövde dem nästa dag. **Håkan** skakade på huvudet men klappade Emma på axeln. "Vi försökte i alla fall," mumlade han och gick.

När matsalen började tömmas dök **Jens** – helikopterpiloten – upp. Han hade ett allvarligt uttryck i ansiktet. "Jag hörde från Karin att ni hittat något," sa han lågmält. Emma nickade och berättade om tygbiten. Han såg bekymrad ut. "Och nu? Tror du vi behöver en flygtur?"

"Ja," svarade hon ärligt. "Vädret är ostadigt, men om det klarnar upp i morgon eller övermorgon vill jag ta en tur över bergskammarna. Se om vi kan hitta fler spår."

Jens funderade. "Jag meddelar dig i gryningen om förutsättningarna är bra. Men kom ihåg: det här är inte riskfritt. Fjällvindarna är nyckfulla. Vi behöver exakta koordinater, en tydlig flygplan."

Emma tackade honom, kände hur pulsen rusade vid tanken på att faktiskt genomföra en helikoptersökning. Hon mindes också alla olyckor hon läst om där en plötslig vind kastat runt helikoptern som en leksak. Men hon skakade av sig rädslan; om det var det som krävdes för att finna sanningen, skulle hon ta risken.

Denna kväll var värdshuset lugnare än vanligt. De flesta var utmattade efter dagens sökande. Emma satt i sin vanliga hörna med anteckningarna. Hon stirrade på listan över fynd: blodfläcken i skåran, inristningen, nu en tygbit som matchade Magnus packning. Pusselbitarna låg framför henne, men bilden var ännu oklar.

Hon slogs av tanken: *Var detta verkligen en olycka, eller hade någon medvetet skadat Magnus?* Byns rykten om ljuset och mystiska grupper malde i bakhuvudet. Samtidigt visste hon att **Markus Thorne** var på väg, och att han skulle kräva resultat. Kanske skulle hans erfarenhet hjälpa henne att knäcka gåtan. Eller så skulle han helt enkelt avfärda allt som vidskepelse.

Tröttheten föll över henne, men hon stannade uppe en stund till och skrev några rader om sig själv i sin dagbok – en ny vana hon försökte återuppliva för att inte helt förlora sig i polisarbetet. Där nämnde hon sin barndomsdröm att bli författare, sin sorg över att hon inte hade byggt en större vänkrets, och hur fjällen skrämde henne samtidigt som de lockade. Hon undrade om hon skulle våga göra mer av livet än bara jobbet, när allt detta var över.

Efter midnatt, när hon äntligen gick upp till sitt rum, vilade en dov känsla av föraning i bröstet. Hon tänkte på morgondagen, på möjligheten att hon skulle stå bredvid Jens helikopter och klättra in i kabinen med förhoppning att finna spår av Magnus från luften. Och hur en del av henne skrek att det kunde gå illa. Fjället tar vad det vill ha…

Hon släckte lampan och lade sig under det tunna täcket, medan regnet nu övergick i ett stilla duggande mot rutan. I drömmen skulle hon återvända till de där branta klipporna, höra ekon av fotsteg och se ljuset fladdra vid fjällets kant. Men när hon vaknade nästa morgon, skulle hon vara redo att fortsätta sökandet – tillsammans med de hon fått på sin sida, mot ett mysterium som vägrade ge upp sina hemligheter.

Kapitel 9

Emma vaknade av att alarmet på mobilen skar genom mörkret. Hon hade knappast fått någon djup sömn; allt hon såg när hon slöt ögonen var bilder av fjällen, klipporna, ljuset… och Jens helikopter som svävade över en farlig avgrund. Det var fortfarande mörkt i rummet när hon tände lampan. Klockan var strax före fem på morgonen, och hon hoppades att vädret skulle vara tillräckligt lugnt för att genomföra flygningen som hon avtalat med Jens.

Hon drog på sig underställ och vandringsbyxor. I dag var dagen då hon hoppades få en avgörande överblick från luften. Hon tänkte tillbaka på gårdagens skallgång: en liten tygbit från en ryggsäck, men inga andra säkra spår. *Det måste finnas något mer där ute,* intalade hon sig. Hon var orolig men också beslutsam. *Det här är min chans att äntligen knäcka gåtan – var finns Magnus?*

Hon kom ner till värdshusets matsal där **Karin** hade ställt fram en enkel frukostbuffé; kaffe, smörgåsar och lite fil. Det var nästan spöklikt tyst.

Endast ljudet av kylskåpets surrande hördes. Utanför var himlen mörkblå, aningen ljusare i öster. Hon tog en kopp kaffe och försökte äta en smörgås, men aptiten svek henne.

Karin dök upp i dörröppningen, drog åt sin morgonrock. "Är det i dag du ska flyga?" frågade hon lågt. Emma nickade. "Om vädret håller i sig. Jag fick ett sms från Jens i natt som sa att vindarna verkar dugliga." Karin såg bekymrad ut. "Var försiktig," sa hon, på det där sättet som fick Emma att känna en kall rysning. "Fjällen... ja, du vet."

Strax efter gryningens första ljus satte sig Emma i bilen och körde mot den provisoriska hangaren där Jens förvarade sin helikopter. Den låg några kilometer från byn, längs en krokig grusväg kantad av gles björk. Dimman dansade över hagarna, och den blekgula himlen avslöjade att solen var på väg upp bakom fjällen.

Hon tänkte på **Erik** och de andra som ställde upp i skallgången. Kanske skulle någon fortsätta leta till fots i dag också, men Emma hade sagt åt dem att vänta på hennes besked tills hon sett hur flygningen gick. Känslan av ansvar vilade tungt över hennes axlar. *Om något går fel,* tänkte hon, *kommer jag att vara den som får bära skulden.*

Hangaren var en enkel, plåttäckande byggnad med skjutdörrar som stod öppna. När hon klev ur bilen hörde hon musik strömma ut – *"Danger Zone"* från *Top Gun*-soundtracket, vilket fick henne att dra på munnen trots sin nervositet. Hon såg Jens stå vid helikoptern, klädd i en sliten pilotjacka och med hörselkåpor runt halsen. Han verkade vara i färd med att kolla bränslet och inspektera rotorerna.

"Du är tidig," ropade han över musiken. "Ville se att allt var i ordning," svarade Emma.

Han stängde av musiken med en svepande rörelse och vände sig mot henne. "Vädret ser okej ut. Vindbyar på 6–8 m/s, men inget som borde omöjliggöra en tur. Vi flyger rakt norrut och sedan in över Drommenskåran, precis som du sa?"

Emma lade fram sin plan: hon ville följa fjällkammarna kring skåran, se om de kunde upptäcka några färska tecken på människor – läger, skärvor av kläder, spår i snön eller stensamlingar. "Jag har koordinater här," sa hon och pekade på en utskriven karta. "Jag tänkte att vi kanske kan cirkla runt några gånger."

Jens studerade kartan, tuggade på en tändsticka. "Okej. Men jag flyger inte runt i evigheter. Vi har bränsle för ett par timmars sök, max. Om vinden ökar måste vi tillbaka direkt."

Emma nickade och kände en klump i halsen. Hon skrev in koordinaterna i sin mobil och packade ihop sin utrustning. Hon hade en kikare, kamera, anteckningsblock och lite extra kläder i en ryggsäck.

Kort därefter kröp hon in i helikoptern och spände fast säkerhetsbältet. Jens tog plats vid spakarna och startade maskinen med erfarna, snabba rörelser. Rotorn började snurra, och ljudet ökade till ett dån som fick Emma att känna hur hjärtat slog allt snabbare. *Det här är min chans,* tänkte hon, *kanske vår enda chans.*

De lyfte mjukt från marken, och hon såg hangaren försvinna under sig. Landskapet öppnade sig, fälten och björkskogarna blev små rutor, och snart kunde hon ana den vida dalen och fjälltopparna längre bort. Hon sneglade ner på sin mobil: *Ingen täckning just nu,* konstaterade hon. Jens verkade oberörd – han nynnade med i en låt hon inte kände igen, men den hade samma *Top Gun*-känsla som tidigare.

När de nådde fjällkammen, slog det henne hur mäktigt landskapet var. Dimslöjor svepte över skåran, och solen, som nu tagit sig över bergskanten, kastade långa skuggor i ravinerna. Hon kände en rysning av både skönhet och fara. *Fjället är verkligen enormt,* tänkte hon. *Magnus kunde vara var som helst där nere.*

Jens manövrerade helikoptern skickligt, cirklade runt en första platå. Emma höjde sin kikare och svepte över klippkanter, snöfält och glesa buskage. Ibland trodde hon sig se något – en mörk fläck på snön, en märklig rörelse – men när hon fokuserade närmare var det bara sten eller skuggor.

"Allt lugnt än så länge," sa Jens i headsetet. "Fortsätt," andades hon. "Vi tar nästa sektor."

Efter en halvtimme in i sökningen började vinden plötsligt öka. Helikoptern krängde till ett par gånger, och Emma greppade sätet. Hon kände adrenalinet rusa; hon var inte rädd för att flyga, men hon hade hört tillräckligt många historier för att veta att fjällvindar kunde vara lömska. Jens svor och justerade spakarna.

"Vi får hålla oss redo på att avbryta om det blir värre," muttrade han. Emma nickade, pressade headsetet tätare mot öronen. Hon fortsatte spana, men hjärtat bultade i halsgropen. *Bara lite till,* tänkte hon desperat. *Vi kanske är nära något.*

Plötsligt ryckte helikoptern till kraftigare än tidigare, som om någon dragit i en osynlig spak. Emma hörde ett metalliskt klonk som inte lät som det brukade. Jens spände käkarna, frenetiskt tryckte på några reglage. Ljudet från rotorn förändrades, blev ojämnt.

"Något är fel med motorn eller bränsletillförseln," fick Jens ur sig, rösten var plötsligt pressad. "Håll i dig."

Helikoptern började luta åt sidan. Emma kände hur hennes mage vände sig, som om golvet försvann under fötterna, trots att hon satt fastspänd. *Nej, nej, nej...* genljöd i huvudet.

Jens drog kraftigt i spakarna, försökte stabilisera. De sjönk snabbt och allt mer okontrollerat. Fjällen, som nyss brett ut sig majestätiskt i fjärran, kom nu alldeles för nära. Emma hörde hans röst: "Vi måste nödlanda!"

Marken rusade upp mot dem i en rasande fart, och Emma hann bara snudda vid tanken på Magnus – hur han kanske också störtat? – innan smällen kom. Helikoptern slog i marken med en chockerande kraft som kastade Emma framåt, stoppad endast av selen. Ljuset bländade henne när vindrutan sprack i tusen bitar. Metallen skrapade mot sten, och hon hörde Jens vråla något ohörbart.

Sedan blev allt tyst, förutom ett dovt ringande i hennes öron och ljudet av rotorn som långsamt stannade. Hon blinkade, kände hur en vass smärta pulserade i huvudet och bröstkorgen.

"Jens?" flämtade hon, osäker på om han alls kunde höra.

Långsamt klarnade världen igen. Helikoptern lutade på sidan, och Emma kände hur glassplitter och snö trängde in genom det som varit dörren. Hon vred på huvudet och såg Jens fortfarande sitta vid kontrollerna, andfådd men vid medvetande.

"Jag lever," hörde hon honom muttra matt. "Du då?"

"Jag… tror det," svarade hon, hennes röst osäker. Smärta ilade genom hela kroppen, men hon försökte röra armar och ben försiktigt.

Hon lösgjorde selen med fumliga fingrar och försökte se sig omkring. De hade landat i en sorts sluttning, omgiven av sten och enstaka snöfläckar. Marken var ojämn och låg brant nedåt i en karg ravin. *Vi klarade oss,* tänkte hon i en rusig lättnad. *Vi lever.* Men sedan slog en insikt till: *Hur tar vi oss härifrån?*

Jens kämpade för att stänga av helikopterns system helt, för att minimera risk för bränder eller explosioner. Motorn gav ifrån sig ett sista skärande gnissel innan den dog. Med andfådd röst vände han sig mot Emma igen. "Jag… Jag tror inte den här maskinen flyger mer."

Emma lade handen mot sin tinning och kände klibbigt blod. Hon blundade för att inte svimma av. "Vi måste ut," sa hon lågt. "Och bedöma skador. Få tag i hjälp."

Hon försökte resa sig, men benen skakade. Jens klippte av sin sele med en fickkniv, fällde upp dörren, som redan var tillbucklad, och kröp ut. Emma följde efter så gott hon kunde. Kylan slog emot henne, men hon var tacksam för att hon hade kläder för vandring.

När de kom ut såg de hur ödemarken bredde ut sig runt dem. Inte ett ljud hördes förutom vinden som ven genom ravinen. Helikoptern låg snett, med den ena rotorbladet trasigt uppstickande som en skadad fågelvinge. Emma tryckte bort paniken som ville klättra upp i halsen. Hon var polis. Hon kunde inte tappa fattningen nu.

"Har du nån aning var vi är?" flämtade hon. Jens såg sig omkring. "Borde vara på västra sidan av Drommenskåran, men kan inte vara helt säker. Vi föll ganska långt." Hans röst darrade, men han samlade sig. "Vi måste se över våra skador. Har du ont?"

Emma nickade, pekade på sitt huvud. "En reva, blöder lite. Ont i revbenen." Hon försökte andas djupt men kände hur smärtan skar som en kniv. Jens hade en sargad axel, men inget brutet, bedömde hon. De samlade ihop vad de kunde från helikoptern: en förstahjälpen-väska, lite vatten, en nödfilt. Radion verkade trasig, och mobiltäckning fanns knappast här nere i ravinen.

Emma insåg att de behövde komma upp på högre mark för att kunna få täckning eller i bästa fall bli siktade av någon. Hon såg på Jens, som grimaserade när han rörde armen. "Kan du gå?"

"Jag... ja, men långsamt," stönade han. "Vi måste... ta oss uppåt."

De påbörjade en mödosam klättring uppför sluttningen. Varje steg i den lösa stenen var smärtsam för Emma, varje rörelse fick hennes skadade bröstkorg att skrika i protest. Jens tappade andan då och då, men de pushade varandra framåt. Det kändes som timmar gick, fast det kanske bara var en halvtimme. Dimman hade börjat rulla in över fjället, och sikten var bedrövlig.

”Vi måste stanna,” flämtade Jens. ”Vi klarar inte mer just nu.”

De hittade en liten klipphylla där de kunde sitta någorlunda i lä. Emma tog fram nödfilten och svepte den om dem båda. Vinden blev allt kallare. Hon tänkte på hur hon själv organiserat skallgångar för andra. Nu var hon den som behövde räddas. Ironin var inte förlorad på henne.

Tystnaden sänkte sig över dem. Bara vinden tjöt. Fjället låg som en mörk jätte omkring dem, oberört och likgiltigt. Emma såg ut i dimman, tänkte på Magnus, på Karin, på alla hon lovat att hitta honom för. Och så mindes hon vagt att **Markus Thorne** sagt att han kanske skulle dyka upp – men hur skulle han hitta dem nu?

Hon slöt ögonen en stund, samlade tankarna för att inte tappa medvetandet av smärtan. *Det här är långtifrån slut,* tänkte hon. *Jag ger inte upp.* Men hon visste också att hennes liv nu låg i fjällets händer, och i en slump om någon skulle inse att helikoptern var borta. Om någon skulle leta efter dem.

I en sista glimt av medvetenhet registrerade hon Jens röst, halvt viskande: ”Vi… lever i alla fall.” Och hon nickade, fast besluten att hålla fast i den tanken, trots att mörkret började skymta i kanterna av hennes syn.

Kapitel 10

Emma vaknade av en isande vind mot ansiktet. Allt kändes grått och suddigt, och hon kunde först inte påminna sig varför hon låg på sidan, halvvägs ute i snön. Så slog minnena till med full kraft: **helikoptern**. **Kraschen**. Hon försökte dra in luft men kände smärtan i bröstkorgen skjuta genom kroppen som en kniv.

Hon blinkade bort tårar och såg Jens, som satt hopsjunken vid en klippavsats, bara ett par meter bort. Han höll en hand över sin axel där blodet sipprade fram. Ändå verkade han vid medvetande. Hon andades långsamt, försökte samla tankarna. De hade överlevt, åtminstone initialt. Men var de ensamma?

Medan Emma plågade sig upp på knä, hörde hon något. Det var som om fotsteg prasslade mot sten och fjällris, inte långt borta. Hon såg på Jens, och deras blickar möttes i en tyst frågeställning: *Vem mer var här?*

”Hörde du det?” flämtade hon fram. Jens nickade sakta, vinande av smärta varje gång han rörde sig. Han försökte använda sin satelittelefon, men den var sönder, och antennen hängde löst. "Ingen täckning," muttrade han. "Vi… vi måste härifrån."

De kämpade sig upp på fötter, men Emma vinglade av yrseln och fick ta stöd mot en sten. Den kalla vinden svepte genom den trasiga kabinen och förde med sig en metallisk doft av bränd elektronik och blod.

Plötsligt dök en mörk gestalt upp bara några meter bort. Emma såg en skepnad, maskerad eller dold av en huva, hon kunde inte urskilja ansiktsdrag. Hennes hjärta bultade vilt. Jens försökte ta ett steg framåt men hann inte mer än höja sin ena hand förrän det small till. Ett skott ekade i den ödsliga ravinen, och hon såg honom falla baklänges, träffad mitt i bröstet. Det var som om hela världen saktade ner.

"Nej!" skrek Emma, men ingen reaktion syntes hos figuren. Denne vände sig mot henne, och hon hann se en glimt av ett gevär eller en pistol i silhuett. Sedan ljöd ännu ett skott.

Skottet träffade henne i sidan, och hon föll till marken med ett dovt stön. Hon kände hur kylan och smärtan möttes i en våg av chock genom kroppen. Hennes hand grep instinktivt mot såret, och hon såg hur blodet färgade handskarna mörkt röda.

Allt gick så fort men ändå i ultrarapid. Hon famlade efter Jens, men han låg orörlig, blicken redan tom. Emma knep ihop ögonen när ännu en skottknall ekade, men den träffade inte henne den här gången – eller var det bara ett varningsskott? Det var omöjligt att veta. Hon hörde fotsteg, någon rörde sig kring dem. Hur många var de?

När Emma öppnade ögonen igen var silhuetterna borta. Hon försökte skrika efter hjälp, men rösten svek henne, och en vass smärta i bröstet fick henne att hosta upp blod. *Jens är död,* insåg hon, oförmögen att ta in vidden av det. *Vem eller vad?* Frågorna rasade i hennes huvud, men hon var för svag för att reflektera klart.

Hon kravlade sig mot Jens kropp, men när hon lade handen på hans axel kände hon att all värme redan lämnat honom. Pulsen slog i hennes egna tinningar som en trumma, hög och desperat.

Smärtan eskalerade, och mörkret i kanterna av hennes synfält blev alltmer påtagligt. Hon sjönk ner på rygg i snön, hackade tänder av både kyla och chock. När hon försökte tänka på Magnus, på Karin, på hur allt skulle lösas, gled hennes tankar iväg till något helt annat: **barndomens trädgård**.

Hon såg för sitt inre en åttaårig Emma springa i gräset medan vattenspridaren sprutade iskalla strålar åt alla håll. Hon mindes hur hon skrattade, hur solen värmde ryggen, hur doften av nyklippt gräs var så intensiv. Mamma satt på en stol med en filt, sjuk men leende, och pappa—som var kvar ett tag till—skrek åt henne att inte halka.

Det var en enklare tid, en tid då hon trodde allt var möjligt. Tårarna brände bakom ögonlocken nu, tårar av saknad, av skuld över att hon förlorat den lättsamma glädjen.

Hon försökte resa sig igen, kanske i ett sista försök att fly eller ropa på hjälp. Men benen lydde inte, och världen började snurra. En skarp smärta sköt genom hennes sida. Hon kände blodet rinna ned över höften, såg det färga snön i en vinröd nyans. Hennes andning blev stötig och ofrivillig, som om varje inandning var en kamp mot brinnande nålar i lungorna.

En del av henne vägrade fortfarande acceptera det som hände. *Jag kan inte dö här,* tänkte hon desperat. *Jag är polis. Jag måste avsluta det här. Jag måste lösa…* Men orden fastnade i ett pärlband av hulkningar.

Tiden verkade upplösas. Hon hörde vinden vina, kände kölden bita i kinderna, och i periferin anade hon Jens orörliga gestalt. Tårarna kom, ohejdbara nu. Hon visste att ingen skulle hitta dem i tid.

Om hon lyssnade noga kunde hon höra sitt eget hjärta slå – svagare, långsammare. Var det bara inbillning eller var det verkligt? Fjällen, dessa väldiga, gåtfulla berg, tycktes se på henne med likgiltighet. *Fjället tar vad det vill ha,* mindes hon att Karin sagt. En bitterhet skar i henne: var det verkligen så?

I en sista krampaktig önskan försökte hon nå sin mobil, som låg någon meter bort i snön. Kanske kunde hon ringa... Men armen lydde inte. Hon kände hur kallt stål tryckte mot hennes fingerspetsar när hon krafsade mot marken, men hon kom inte närmare telefonen.

Det susade för öronen, och hon insåg att hon sakta gled in i ett grått töcken. Hennes bröstkorg krampade när hon tog ett sista, medvetet andetag. Bara fragment av tankar återstod nu, och hon klamrade sig fast vid barndomsbilden i den där trädgården. *Vattenspridaren,* kylan från vattendropparna i sommarsolen, **mammas leende**. Det var som om hon steg in i minnet, lät det fylla henne istället för smärta.

Här, i sitt inre, var hon inte en döende polis på ett fjäll. Hon var bara en liten flicka med livet framför sig. Hon hörde sitt eget skratt blandat med rasslet av vattendroppar. **Mamma** ropade något mjukt. Och sedan försvann allt i ett dovt, varmt mörker.

Kapitel 11

Markus Thorne klev ur hyrbilen och såg sig omkring med en bister min. Det var sent på eftermiddagen, och himlen över Drommen var sådan där grå som hotade med snö eller regn — svårt att avgöra vilket. I bakgrunden reste sig fjällen som mörka väggar mot en blek himmel, och vinden kändes vass som knivar när den drog över grusplanen. Han suckade och drog upp kragen på sin slitna rock, den han hade kvar från sin tid som kommissarie i Stockholm.

Han hade trott att han var förberedd, men kylan slog honom ändå. *Herregud, det är kallare än jag minns.* Han hade varit här för drygt tjugo år sedan, i ett helt annat ärende, men knappt stannat längre än någon dag. Nu kom han hit för att lösa något mycket mörkare: Emmas död och Jens död. En helikopterolycka som inte var en olycka, om han förstått rapporten rätt. Det låg någonting annat bakom — någon hade skjutit dem. Det stod svart på vitt i den preliminära obduktionsrapporten.

Han såg bort mot den tunga timmerbyggnaden som hyste **Värdshus Drommen**, centrum för den lilla byn. Det var hit Emma bott. Han kände en klump i magen vid tanken på henne. Emma Lindström hade varit en av de mest lovande utredarna i den nya generationen. Rätt jobbig ibland, envis, men duglig. *Och nu ligger hon död i en kall rapport,* tänkte han bistert. Det var delvis hans fel att hon fått jobba ensam. Hade han bara lyssnat på henne tidigare...

"Fjällen tar vad de vill ha," mumlade han för sig själv, en fras han sett i Emmas anteckningar. *Jag tänker fan inte låta dem ta mer.*

Han samlade ihop sin laptopväska och en liten övernattningsväska från baksätet. Därefter låste han hyrbilen, en grå Volvo som redan var stänkt av lera upp till dörrarna. *Snö, regn, lera... det är väl inte så konstigt att folk här kör fyrhjulsdrivet.*

När han kom fram till värdshusets ytterdörr lade han märke till en anslagstavla: "SKALLGÅNG – TACK TILL ER SOM HJÄLPTE" stod det i stora bokstäver. Nedanför var några fotografier på folk i vandringsutrustning, leende men samtidigt sammanbitna. Emma syntes inte på bilderna. Klart hon inte gjorde; hon hade aldrig kommit tillbaka.

Dörren gnisslade när han klev in. Lukten av kaffe, sliten matta och en svag doft av sot från en öppen spis slog emot honom. Diskret såg han sig om i foajén — en disk, en liten sittgrupp, några tavlor på fjällandskap. Bakom disken stod en kvinna med mörkt hår, kanske i femtioårsåldern, och ordnade med papper. Hon lyfte blicken mot honom och avbröt sig genast.

”Ni måste vara… Thorne?” Han nickade. ”Markus Thorne. Du måste vara Karin.”

Karin Dahl, enligt anteckningarna, syster till den försvunne Magnus och ägaren av värdshuset. Hon såg trött ut, men det fanns en bestämdhet i hennes ögon. När hon närmade sig disken lade han märke till hur hon lade ifrån sig en bild han kände igen: Emma tillsammans med några andra från den första skallgången.

”Jag…” började Karin, men rösten sprack lite. ”Jag är ledsen för allt som hänt. Och jag förstår om du har frågor.”

Hans hjärta skar till vid hennes tonfall. *Fan, jag är ingen terapeut,* tänkte han, men han försökte ändå ge henne en hövlig nick. ”Jag är ledsen för din skull också, Karin. Emma… var en bra polis.” Mer än så visste han inte hur han skulle säga. Han var ingen mjukis, men han kände att situationen krävde lite av den medkänsla han hade kvar.

”Du kanske vill ha rummet… Emmas rum?” frågade hon tveksamt. ”Det är ledigt.” Han tvekade. ”Vet du, det är kanske bäst att jag tar ett annat rum. Hennes är väl snarast en del av en brottsplats nu, eller… jag vet inte.”

Karin gav honom en blick som uttryckte både sorg och en antydan till lättnad – kanske kände hon att Emmas minnen vilade för tungt i just det rummet. ”Vi har ett annat, lite mindre,” sa hon lågt. ”Jag visar dig.”

Rummet Karin visade låg i änden av en korridor på övervåningen, med ett fönster som vette mot fjällkammen. Där såg han en strimma ljus längs bergskammen; solen var på väg ner bakom massivets skrovliga toppar, vilket färgade dimman i dystra nyanser av grått och orange. Fönstret var kallt när han lade handen mot rutan.

Han ställde ifrån sig väskan, vände sig mot Karin som stod kvar i dörröppningen med armarna korslagda. "Karin... jag behöver prata med dig snart. Ordentligt. Om Magnus, om Emma, om allt. Men inte just nu. Jag..."

"Jag förstår," nickade Karin. "Jag är i receptionen om du behöver något."

När hon gått tog Thorne ett djupt andetag. Rummet var enkelt: en säng, ett skrivbord, en stol, en garderob. På byrån stod en bleknad tavla av några randiga fjälltoppar. Han lade datorväskan på skrivbordet, sjönk ner på sängkanten och lät blicken svepa runt. Det var kallt i rummet, och elementet gav ifrån sig svagt värmeknaster.

Han öppnade laptopen för att se om han kunde få någon täckning. Trådlöst nätverk: *VardshusDrommen_Guest*. Bra, åtminstone något. Han kände ett stort behov av att läsa Emmas sista rapporter, de anteckningar hon mejlat in, men också det officiella materialet kring helikoptern. Synen av hennes namn i dokumenten skulle sätta en klump i halsen, men han var tvungen att konfrontera sanningen.

Dokumenten han fått från stationen i Östersund var knapphändiga. Emmas egna rapporter var mer ingående, men oavslutade. Hon hade skrivit om blodspår i Drommenskåran, om en trasig handske hon hittat, om bybornas prat om ljuset. *Ljuset…* Thorne rynkade pannan. Så dumt det lät, men Emma hade varit övertygad om att det var något bakom de här ryktena.

"Fjället tar vad det vill ha, men ibland är det inte bara en olycka," hade hon skrivit i ett mejl till Saga, den yngre kollegan i Östersund. Thorne kände en klump i magen när han såg datumet — mejlet var skickat dagen innan hennes död.

Han stängde laptopen och lade händerna mot tinningarna. *Det var du som skulle vara cynisk, Emma,* tänkte han, *inte jag.*Ändå kände han hur hennes besatthet lyste igenom texten. Besatthet eller envishet? Han mindes hur han själv hade varit för 20 år sedan. Också helt orubblig.

Han gick ner för att skaffa lite mat. Matsalen var halvtom, men han såg några ansikten stanna upp och titta på honom — ett par äldre män i flanellskjortor, en äldre kvinna som han kände igen från en av Emmas foton. Ingen hälsade. Stämningen var tryckt, som om de redan visste vem han var och varför han var här.

”Jag tar gärna en kopp kaffe,” sa han till Karin, som tittade upp från disken. ”Och kanske en varm smörgås om det finns.” Hon nickade. ”Sätt dig, så kommer jag med det.”

Medan han slog sig ner vid ett bord i hörnet märkte han att en man i 60-årsåldern, med gråsprängt hår, sneglade på honom. Mannen reste sig plötsligt och kom fram.

”Du måste vara Markus Thorne,” sa han med en låg, mörk röst. ”Jag heter **Erik Hallgren**. Jag hjälpte Emma med skallgången. Jag… beklagar.”

Thorne tog hans hand, kände ett fast grepp. ”Jag beklagar jag med,” sa han ärligt. ”Du visste kanske mer om hennes planer än jag?”

Erik nickade och slog sig ner, oförblommerat. ”Hon hade en teori om att Magnus inte bara råkat illa ut av naturen, utan att någon medvetet stoppade honom. Och Emma med. Vi… vi såg konstiga tecken i skåran. Blod och nån slags inristning. Och ljuset."

Thorne svalde. *Jaha, ljuset igen.* "Jag behöver veta exakt allt du minns," sa han. "Men inte just nu, jag är… nyss anländ. Imorgon, kanske?"

Erik lade en hand på bordet, som om han ville säga något mer men inte vågade. Efter en stund gav han Thorne en papperslapp med sitt nummer. "Ring mig när du vill prata. Folk här är rädda. Och jag… jag har sett tillräckligt för att själv vara rädd." Sedan reste han sig och gick utan att beställa något.

Karin kom med en varm macka och en kopp kaffe, men Thorne hade tappat aptiten. Han tog ändå en tugga av rent trots. Han kände hur stirrande blickar från de andra två i matsalen brände i nacken. *Det här är inte Stockholm,* påminde han sig. Byborna var få och pratade öppet sinsemellan, men de slöt sig som ostron gentemot utomstående. Emma hade upplevt samma sak, men hon hade ändå blivit accepterad av vissa, som Erik.

Efter middagen gick han tillbaka till sitt rum, startade datorn igen och började föra in sina första observationer i en privat anteckningsfil. *Plats: Drommen. Huvudpersoner: Karin Dahl, Erik Hallgren, byns befolkning. Oklara rykten om ljus. Emma Lindströms död. Helikoptern.* Här behövde han minst en förklaring: Varför hade någon skjutit Emma och Jens? Var det samma sak som hände Magnus?

Han mindes att en journalist vid namn Linnea Schultz hade mejlat honom för att få en kommentar om olyckan. Kanske borde han ta kontakt. En annan del av honom avskydde medieuppmärksamhet, men *kanske* hon hade egen research

När kvällen gick över i natt låg Thorne vaken i sin enkelsäng. Utanför hade vinden mojnat, och tystnaden var obehaglig. Inte som i Stockholm där man alltid hörde bilar eller suset av stadens puls. Här hörde man… inget. Han insåg att han saknade det.

Han fick plötsligt en impuls att ringa upp sin gamla kollega i Stockholm, men insåg vad klockan var. Dessutom, vad skulle han säga? ”Tjena, jag behövde prata för att inte gå sönder?” Nej, han var ingen pratkvarn. Han skulle klara det här ensam, precis som Emma försökt.

Tankarna på Emma skar genom honom. Han mindes hur han en gång muttrat att hon var "för duktig för sitt eget bästa." Hur han avfärdat hennes rapporter om mysteriet i fjällen som rena fantasier. *Om jag bara...* började en inre röst, men han tvingade bort skuldkänslan. *Fokusera på fallet.* Men skulden var där ändå, som en malande underton.

Strax före midnatt klev han upp och gick fram till fönstret. Fjälltopparna syntes bara som svarta silhuetter mot en månlös himmel, och han tyckte sig se en svag ljusfläck långt borta – kunde det vara ett eljus från en stuga, eller var det det där "ljuset" Emma skrivit om? Hans rationella sida skakade av sig tanken, men en kall rysning spred sig över ryggraden.

I morgon börjar jag på riktigt, tänkte han. *Ingen jävla mystik ska stoppa mig.* Han visste inte hur, men han kände en obändig kraft växa inom honom. Om Emma var borta, var det han som bar skulden och ansvaret. Han lät blicken glida över de mörka bergskammarna en sista gång innan han drog för gardinerna.

När han lade sig igen, försökte han sova men tankarna brottades i hans huvud. Han såg Emmas ansikte, hennes bestämda blick, och hörde hennes röst som anklagade honom för att han inte kommit tidigare. Att hon dött förgäves. Han stönade och vred sig, tills sömnen äntligen tog honom.

I morgon skulle han börja ställa frågor i byn. I morgon skulle han konfrontera Erik, Karin, alla som vägrade tala. Mörkret föll över rummet, men i Thornes sinne formades en plan: *Jag ska hitta vem som sköt Emma. Jag ska hitta den försvunne Magnus. Och fjället må ta vad det vill — men inte mig.*

Kapitel 12

Markus Thorne hade inte sovit mycket. Han vaknade flera gånger under natten med tankarna snurrande kring Emmas anteckningar och bybornas undvikande blickar. När gryningen väl bröt fram som en kall, blek ljusstrimma över fjällkammen, gav han upp försöken att vila och klädde sig i en tjock ylletröja. Vinden ven ute på gårdsplanen, och han tänkte bistert att det inte direkt var ett välkomnande väder för att bedriva utredning.

Klockan var knappt halv sju när han gick nerför den smala trätrappan till värdshusets matsal. Det doftade redan kaffe och nybakat bröd, och han fick en förnimmelse av en oväntat hemtrevlig atmosfär – trots allt som hänt. Bakom disken stod **Karin**, klädd i stickad kofta. Hon gav honom ett försiktigt, avmätt leende.

”God morgon. Sov du något?” ”Inte mycket,” medgav Thorne. ”Mörkret och kylan här... jag är inte van.”

Karin nickade. ”Jag vet. När jag flyttade tillbaka efter några år i stan, hade jag glömt hur tyst och mörkt det faktiskt är på nätterna.” Hon hällde upp en kopp kaffe åt honom och drog fram en korg med rykande varma brödskivor. ”Varsågod. Vi har lite pålägg i kylen också.”

Thorne slog sig ner vid ett av de rustika träborden. Det var första gången på väldigt länge han inte var på språng under en utredning; i Stockholm hade han brukat äta i farten eller ta en kaffe vid skrivbordet. Här, i den ödsliga byn, fanns inget annat ställe öppet. Det slog honom att vardagen kunde vara lugn och nästan idyllisk – om man inte tänkte på att två personer nyss blivit skjutna efter en helikopterkrasch.

Medan han bredde lite smör på en brödskiva smög Karin fram och slog sig ner på andra sidan bordet. Hon höll en varm kopp mellan händerna, som om hon värmde dem.

”Hur går dina tankar kring… allt?” frågade hon varsamt.
”Jag vet inte,” svarade Thorne uppriktigt. ”Jag träffade Erik snabbt igår, men jag tänkte prata mer

med honom idag. Samma sak med byborna. Och med dig, om du orkar."

Karin slog ner blicken. "Jag orkar, men jag vet inte hur jag ska hjälpa dig. Jag har redan berättat för Emma allt jag visste om Magnus. Hon antecknade jämt. Jag vet inte var hon höll hus den sista tiden – hon sprang runt överallt, letade efter ledtrådar." Hon ryckte på axlarna. "Jag önskar att jag hindrat henne."

Thorne tog en klunk av kaffet och kände hur den bittra smaken väckte hans sinnen. "Har du kvar något av Emmas saker i det gamla rummet?" Karin nickade långsamt. "Jag plockade ihop en del i en låda. Jag kunde inte förmå mig att städa ur det helt, eftersom... du vet, polisutredning. Men nu är du här. Vill du kolla på det?"

Thorne höll upp en hand. "Gärna, men inte just nu. Jag vill först etablera mig hos byborna och se om de är villiga att prata. Jag antar att många är... misstänksamma mot utomstående?"

Ett kort, sorgset leende drog över Karins läppar. "Det kan du lita på."

Efter frukosten bestämde han sig för att ta en kort promenad i byn innan han tog itu med dagens samtal. Det var fortfarande kallt, men himlen höll på att ljusna i ett blekt ljus som tycktes göra fjällens konturer skarpare. Trots vindens kyla kände han en märklig stillhet och drog in den friska luften med långa, medvetna andetag.

Byn var inte stor: några trähus med slitna fasader, en gammal kombinerad lanthandel och café, en stängd frisersalong som såg övergiven ut. En lekplats med rostiga gungor knarrade i vinden. Han tänkte på Emma, som säkert hade passerat samma gator, knackat på samma dörrar. Kände hon samma uppgivenhet eller fann hon en slags charm i vardagslunken här?

På håll såg han en äldre man som skottade snö framför en gård. Mannen tittade upp, men när deras blickar möttes, var det som om mannen snabbt slog ner blicken. *Vill inte prata med polisen,* tänkte Thorne, och fortsatte framåt utan att insistera.

Han steg in i lanthandeln. Dörren plingade av en liten klocka, och en ung man bakom disken –

Oskar, gissade Thorne från Emmas anteckningar – tittade upp. Han såg nyfiken ut.

"God morgon," sa Thorne. "Har ni något varmt?" "Vi har kaffe," svarade Oskar med ett försiktigt leende. "Vill du ha en bulle också?"

Thorne nickade. Det kändes nästan märkligt att beställa kaffe igen, men han behövde hålla värmen. "Tack. Jag heter Markus Thorne," la han till, som om han behövde rättfärdiga sin närvaro.

Oskar verkade inte förvånad. "Jag hörde att du skulle komma. Jag… pratade lite med Emma. Hon brukade komma hit ibland." Han såg medlidande ut. "Det är hemskt, det som hände henne."

Thorne skakade på huvudet, tog emot koppen och en bulle. "Ja, hemskt är ordet. Du pratade med henne om... ljuset?" Oskar spände käkarna en aning. "Hon frågade mig om jag visste nåt, men jag hade bara hört rykten. Jag sa att jag själv aldrig sett nåt. Du tror att… det är på riktigt?"

Thorne tog en klunk. Kaffet smakade bränt, men han uppskattade värmen. "Jag vet inte vad jag tror än," svarade han ärligt. "Men jag misstänker att

Emma var nära att hitta något. Och att det kostade henne livet."

Oskar svalde. "Jag hoppas du hittar vem… eller vad… som gjorde det."

På vägen ut lade Thorne märke till att lanthandeln även sålde allt möjligt småkrimskrams: fiskedrag, handgjorda tvålar, lokala syltburkar. Det slog honom att denna enkla butik utgjorde byns knutpunkt. Här handlade folk sina varor, utbytte rykten, kanske kastade misstänksamma blickar på främlingar. *Vardagslivet rullar på, även när mörkret ligger över byn,* tänkte han.

Utanför butiken stod en bänk, och intill den en cykel som såg ut att ha stått där i flera år. Han kände plötsligt en stingande saknad: i Stockholm hade han kunnat ta en kaffe på ett stimmigt fik, läsa tidningen, och vara anonym. Här var han allt annat än anonym. Emma hade nog insett samma sak – att man är sedd hela tiden. Ett lugnt liv på ytan, men under ytan en kokande rädsla.

När han återkom till värdshuset vid niotiden möttes han av **Erik Hallgren** i foajén. Erik höll på att borsta av sin jacka från snöslask, såg upp när Thorne klev in.

”God morgon. Jag tänkte erbjuda mig att visa dig runt,” sa Erik. ”Kanske du vill se platsen där Emma brukade spana, nån av hennes favoritvandringsleder. Jag känner området väl.”

Thorne uppskattade hans tonfall, som var lågmält men engagerat. ”Jag tackar. Men jag vill först titta på Emmas rum och se vad Karin har förvarat åt mig. Vi kan gå ut i eftermiddag?” Erik nickade. ”Visst, jag ställer upp. Men låt oss inte vänta för länge. Vädret slår lätt om, och jag vill inte se dig drabbas av fjällets nycker som hon gjorde.”

En elektrisk stöt av sorg och ilska passerade genom Thornes bröstkorg: han behövde hålla ihop. ”Jag är redo klockan två,” beslöt han.

Karin kom med nyckeln till Emmas gamla rum. De gick uppför en annan trappa, längre in i byggnaden, tills de nådde en enkel ekdörr. Hon låste upp med en dov suck. Rummet luktade instängt, men i övrigt var det märkligt sterilt. En bäddad säng, ett nattduksbord, ett smalt skrivbord, och en garderob. Vid fönstret stod en blomma som sett bättre dagar.

"Jag rörde inte mycket," sa Karin. "Bara samlade ihop hennes kläder och papper i den där lådan." Hon pekade på en plastback bredvid skrivbordet. "Jag antar att du vill titta igenom det?"

Thorne nickade och satte sig på huk. Inne i plastbacken låg Emmas kläder: tjocka vandringsstrumpor, en ulltröja, en mörkgrön jacka med en reva vid axeln. Där fanns även en osorterad bunt papper: utskrivna kartor, två kvitton från lanthandeln, ett kvitto från en mack i Östersund. Han såg hur hon skrivit små anteckningar i marginalen på kartorna: "Blodfläck -> markera 1" och "Trolig rutt M -> Skåra 2?".

"Hon skrev mycket i sin laptop, men jag antar att du har fått allt därifrån?" frågade Karin. "Ja, jag har det mesta," svarade Thorne, även om han inte var helt säker på om det fanns fler dokument Emma aldrig hunnit skicka. "Den här jackan…" Han höll upp Emmas grönjacka. "Har du nån aning om revan?"

Karin skakade på huvudet. ”Hon kom in med den trasig en kväll, men jag vågade inte fråga. Hon såg så pressad ut.”

De gick igenom några småsaker: en hårborste, en bok om fjällens flora, en necessär med tandborste och tvål. Det mest personliga var en liten blå anteckningsbok med en kladdig framsida, där Emma klottrat ner privata reflektioner. Men det fanns inga skarpa bevis om vem som kunde ha skjutit henne.

”Får jag behålla det här?” frågade Thorne och höll upp anteckningsboken. Karin ryckte på axlarna. ”Jag tror inte hon har nån familj som vill ha det. Du är polisen. Gör vad du måste.”

Efter en dryg timmes letande kände Thorne att han behövde en paus. Han tog med sig plastbacken, tackade Karin och gick tillbaka till sitt eget rum för att sortera. Skrivbordet var trångt, så han ställde ner backen på golvet och började metodiskt lägga ut kläder, papper och föremål i högar. Samtidigt kom han på sig själv med en underlig känsla av att han hanterade en kollegas privata ägodelar. Han såg på ulltröjan, tänkte på hur Emma kanske suttit här en mörk kväll och försökt hålla värmen medan hon klottrade ner teorier i blocket.

Det var så vardagligt och avskalat, inget storstilat drama i en polisutredning. Bara en människas grejer.

Mitt i sorteringen ringde hans telefon. Han suckade när han såg namnet: **Saga**. Hon var redan en av dem som pushat hårdast om att Thorne borde tagit Emmas oro på allvar tidigare.

"Tjena, det är Thorne." "Markus, hej," hördes Sagas röst, lite nervöst. "Jag har fortfarande svårt att smälta Emma… allting. Men jag undrar hur det går för dig däruppe. Har du hittat nån ledtråd?"

Han sneglade på Emmas kläder. "Inte än, bara hennes privata saker. Jag ska träffa folk i byn. Du?"

"Jag jobbar på stationen i Östersund, försöker se om vi kan få mer resurser, men du vet hur det är. Cheferna säger att vi måste prioritera andra ärenden också."

Thorne knöt nävarna. "Typiskt. Okej. Tack i alla fall."

Saga tvekade. ”Hör av dig om du vill att jag ska komma upp. Jag… jag behöver känna att jag gör nåt.”

När han lade på kände han återigen den skuldbelastade sorgen över Emma. Både Saga och Linnea hade nämnt att Emma var en av de mest lovande. Och nu låg hon i en rättsmedicinsk rapport. *Inte mer med det,* tänkte han bittert. *Jag tänker inte låta det stanna där.*

Vid lunchtid gick han ner i matsalen. Lite mer folk var där: en familj med två små barn, en äldre herre som förstrött bläddrade i en tidning, och **Erik** igen. Thorne beställde en enkel soppa – potatis och purjolök – och satte sig vid ett tomt bord.

Efter en stund kom Erik fram och slog sig ner, med sin egen tallrik. ”Jag tänkte föreslå att vi tar en runda på stigen Emma brukade gå. Efter det kan vi kanske svänga förbi en av ladugårdarna hon var nyfiken på,” sa han. Thorne åt en sked av soppan. Den var förvånansvärt god, krämig och varm. ”Låter bra. Du har mer koll på var hon brukade leta. Jag vill se allt: var hon hittade blodspår, var hon trodde Magnus var.” Erik nickade. ”Gärna.

Men förvänta dig inte stora avslöjanden, jag har redan gått där några gånger. Fast... du kanske ser nåt jag missat."

Därefter pratade de om väder och vind, hur snabbt dimman kunde komma in och att man måste ha varma kläder. Det kändes nästan vardagligt, som två friluftsmänniskor som planerade en tur. Thorne var tacksam för de lugna minuterna – han behövde landa lite i normaliteten, hinna äta utan att ständigt vara "på".

När han lade märke till att några barn i familjen intill tyst tittade på honom, log han snett mot dem. De fnissade och gömde sig bakom sina föräldrar. Ett flyktigt, varmt ögonblick av vardag. *Så här ser livet ut för de flesta,* tänkte han. *Medan jag och Emma... ja, vi bar våra demoner.*

De bestämde sig för att ses vid värdshusets entré klockan två. Erik skulle ta med en extra ryggsäck med termos och första hjälpen. Thorne gick upp på rummet för att byta om till ordentliga kängor och en tjockare jacka. Samtidigt kollade han väderleksrapporten på mobilen: Det verkade bli klart men kallt och risk för snö under kvällen. *Då får vi se till att vara tillbaka innan mörkret,* tänkte han.

Innan han gick ner igen, slängde han en blick i spegeln. Han såg trött ut; de mörka ringarna under ögonen gjorde att han nästan såg sjuklig ut. Men han knöt jackan tätare, grep sin väska med anteckningsblock och kamera. *Nu kör vi,* sa han till sig själv och stängde dörren.

När han kom ner i receptionen träffade han på Karin igen, som ordnade med nycklar åt en turist. Hon gav honom en kort nick. Det var en nick av respekt, kanske. Han tackade henne tyst för att hon lät honom bo här. Även om minnet av Emma hängde som en skugga, kändes det bra att vara nära hennes sista fäste. Han hoppades kunna nysta upp de spår hon inte hunnit följa.

Byn fortsatte sitt vardagliga liv: någon körde förbi på en sliten skoter, en annan matade en hund utanför sin stuga. Ingen ropade åt Thorne, ingen log vänligt, men ingen jagade bort honom heller. Det fick duga. Han tänkte på barndomens deckare han läst och hur drömmen om polisyrket en gång varit så stark. *Nu är jag här, i en fjällby, med en mordutredning på halsen.* Paradoxalt nog kände han att just denna vardagsbild – en by som lever på, trots tragedierna – gav honom lite andrum.

Snart skulle han och Erik bege sig ut på stigen mot Drommenskåran. **Snart** skulle han få en glimt av det Emma sett, kanske förstå varför hon stannade kvar. Men just nu var det en stilla stund, en skärva av normalitet, innan han åter mötte fjällets gåtfulla mörker.

Kapitel 13

Markus Thorne drog upp dragkedjan på sin jacka och kände hur kängorna knarrade under honom när han steg ut från värdshuset strax före två på eftermiddagen. Vädret var ungefär som utlovat: något ljusare än på morgonen, men molnen hängde fortfarande lågt över fjällkammen, som om de hotade att släppa ifrån sig snö vilket ögonblick som helst. I fjärran syntes en smal strimma av blek sol, men den verkade inte nå ner hit, till dalens botten.

Utanför stod **Erik Hallgren**, iklädd en vindtät jacka och mössa, med en ryggsäck över axlarna. Bredvid honom satt **Bella**, den lilla hunden som tillhörde Berith och Bosse, och viftade svagt på svansen när hon såg Thorne. Hon verkade ha blivit fäst vid Erik efter alla fjällturer de senaste veckorna. Erik strök henne över huvudet, men ögonen var redan riktade mot Thorne.

”Redo?” frågade han kort. ”Så redo jag kan bli,” svarade Thorne. ”Har du en extra termos, förresten? Jag blev lite beroende av kaffet här inne.”

Erik gav honom ett kort, avvaktande leende och nickade. "Jag har en liten termos med svart kaffe. Och lite förstärkningsplagg om vädret vänder. Det är inte mer än en timme upp till stigen Emma brukade ta, men det kan bli halare än man tror."

De började gå genom byn, och Bella travade nöjt bredvid dem. Thorne lade märke till hur folk i husfönstren ibland kikade ut mellan gardinerna, men ingen öppnade dörren eller hälsade. Det kändes som att en tryckt stämning vilade över byn – kanske hade Emmas död fått dem att förstå att något riktigt mörkt hände i deras närhet, eller så ville de helst stänga det ute.

På väg ut ur byn passerade de en liten gård där en äldre kvinna försökte tippa ut en skottkärra full med vedklabbar. Hon kämpade för att balansera på den ojämna marken, och Thorne, driven av en impuls, gick fram för att hjälpa henne. Han greppade ena sidan av skottkärran och lät vedklabbarna trilla ner i en vedhög.

"Tack," mumlade kvinnan, lätt andfådd men uppenbart tacksam. "Du är polisen, va?" "Markus Thorne," bekräftade han. "Ursäkta om jag

verkar påträngande, men jag såg att du behövde en hand."
"Det är lugnt, jag… tack." Hon slog ner blicken och verkade inte vilja prata mer, men hon gav honom en liten nick när han backade.

Erik betraktade scenen på håll och väntade tills Thorne var tillbaka. Sedan fortsatte de. Thorne kände en märklig värme i bröstet; vardagliga sysslor i en by som knappt ville släppa in honom. En liten gest – att bära ved – var kanske början på något slags förtroende.

När de nådde byns utkant följde de en markering som ledde upp genom björksly och låga buskar. Marken var fuktig av smält snö, och Thorne kände hur kängorna sjönk ner i leran då och då. Bella nosade omkring, men höll sig nära Erik. Det gick långsamt uppför, men efter kanske tjugo minuter lättade vegetationen och ersattes av stenar, mossa och fläckar av snöfläckar som vägrade ge upp trots att det var sen höst.

"Det var här Emma och jag gick några gånger," sa Erik och pekade på en smal, trampad stig. "Hon letade efter spår av Magnus, tror jag. Men framför allt studerade hon… ja, det där ljuset. Hon frågade ut mig om jag nånsin sett det.”

Thorne nickade. ”Och du? Har du sett nåt?” Erik såg tveksam ut. ”Jag... är inte säker. Det finns reflektioner här ibland från solen eller månen, men jag är ingen mystiker. Jag antar att Emma tänkte att det kunde vara kopplat till nån människas aktivitet. Kanske nån sorts lampa, signal, jag vet inte.”

De fortsatte. Stigen blev brantare, och Thorne kände blodet pulsera i tinningarna när han försökte hålla andningen jämn. Han var inte i dålig form, men det slog honom att han sällan vandrat i fjäll. Emma hade tydligen gjort det regelbundet. I tysthet beundrade han hennes uthållighet, hur hon bar sin envishet också i kroppen.

Plötsligt öppnade landskapet upp sig en aning, och de kom till en naturlig platå med utsikt över en djup dalgång. Den sluttade ner mot en serie klippformationer som såg nästan konstgjorda ut, men Erik försäkrade att det var naturens egna överraskningar. Bella satte sig ner och viftade på svansen, som om hon trivdes.

"Här brukade Emma stanna," sa Erik. "Hon tog fram kikare och studerade klippväggarna mitt emot, särskilt när det skymde. Jag tror hon hoppades se ljuset då."

Thorne ställde sig vid en kant och tittade ner mot dalen. Man kunde ana en vattendrag som slingrade sig längst nere, men det mesta var dolt av dimslöjor. *Möjligt att någon verkligen kunnat lysa från andra sidan*, tänkte han. *Om Emma trodde det, måste hon ha sett nåt tecken.*

Han plockade fram sin egen kikare, en ganska enkel modell han lånat i Östersund, och svepte över klipporna. Dimman låg tät, men han försökte se om det fanns några grottöppningar eller branta stigar. Inget han kunde urskilja. *Kanske behöver jag återvända hit i skymningen*, slog det honom.

Efter en kort paus, där de drack lite av Eriks medhavda kaffe, beslöt de att gå vidare mot en skogsdunge som låg i en sänka. Där, förklarade Erik, hade Emma hittat en märklig anhopning av stenar som kunde vara en gammal eldstad. Om det fanns mer att se där ville Thorne veta.

Vägen dit var lite snårigare. Bella skuttade framför och verkade inte ha några problem med att hitta stigen, medan Thorne och Erik fick ducka under låga grenar. Till sist nådde de en ljusning där trädstammarna stod glest, och marken var täckt av mjuk mossa.

"Här är det," mumlade Erik och pekade på en rund ring av stenar. De hade tidigare uppenbarligen använts för eld, men nu var de delvis raserade. Rester av aska och brända kvistar låg kvar i mitten. Emma hade noterat detta i sina anteckningar, men Thorne ville se det själv.

Han gick ner på huk, plockade upp en av de brända kvistarna. Kanske var det gammalt, men han såg att aska fortfarande var lite mörk och inte helt upplöst. "Jag undrar om någon använt detta nyligen," sa han.

Erik drog lätt på axlarna. "Kanske. Om nån var här i samband med… jag vet inte. Men Emma var väldigt intresserad av just den här platsen."

Thorne fotade med sin mobil. Han kom på sig själv med att sakna Emmas kameravinkel. Hon brukade ta mer utförliga bilder, enligt rapporterna, men nu var det han som fick göra samma jobb.

Medan Thorne lade ner mobilen i fickan, hörde han att Bella gnällde till. Hon hade fastnat med tassen i en rot. Erik böjde sig ner och lirkade försiktigt loss henne. Det var en liten, vardaglig händelse, men Thorne kände ett styng i bröstet. Hur många sådana tillfällen hade Emma och Erik haft? Små stunder av stillsam gemenskap i annars hotfulla omgivningar.

Han mindes plötsligt Emmas fil – hon hade anteckningar om hur hon följt spår av en hund en gång, som lett henne till en del av skåran. Kanske var det Bella. Det var så vardagligt att en liten hund kunde följa med, mitt i allt allvar med blod, försvinnanden och ljusmyter.

"Bra att hon inte skadat sig," mumlade Thorne. "Det är lätt hänt här." "Bella är tuff," svarade Erik med en öm blick mot hunden. "Men jag har blivit mer försiktig sen… du vet."

De fortsatte gå, och tystnaden mellan dem kändes på något sätt bekväm. Thorne sneglade ibland mot

Erik, undrade hur mycket han vågade fråga. Kanske skulle han låta allt komma av sig själv. Ibland är vardagens rytm den bästa utredningstaktiken; folk öppnar sig mer naturligt då.

Efter en stund sade Erik plötsligt: ”Du tror alltså att nån i byn är skyldig?” Thorne stannade upp. ”Jag vet inte. Det kan vara nån utifrån. Men om det är en sammanslutning, eller… en enstaka galning, vet jag inte heller. Jag är här för att ta reda på fakta.”

Erik rynkade pannan. ”Emmas teorier… hon pratade om att nån medvetet vill skrämma bort folk från fjället. Hon sa också att hon hittat spår av märkliga riter.” Thorne andades in, kände kylan svida i lungorna. ”Jag har sett fragment av hennes anteckningar om det. Men jag måste se mer bevis innan jag köper det. Trots allt… en hel del riter kan bara vara folks fantasier.”

Det var tyst en stund. Erik tycktes acceptera svaret. Samtidigt kände Thorne hur en oro gnagde: Om Emmas teori stämde, fanns en grupp som skulle göra allt för att hindra sanningen. *Och de lyckades ju tysta henne…*

De kom fram till en liten bäck som porlade nerför en klippsluttning. Här var stigen mer vältrampad – troligen en populär rastplats för vandrare. Erik hukade sig, fyllde Bellas skål med vatten. Thorne passade på att dricka lite ur sin egna flaska.

"Här brukade vi ibland sitta," sa Erik, nästan drömmande. "Emma och jag, eller Emma och nån annan från skallgången. Det är så lugnt… man kan glömma allt hemskt för en stund."

Thorne nickade. Han kände hur naturens stillhet gav honom en viss förvirrande frid. Trots allt man visste om att människor dött här, fanns en skönhet i det porlande vattnet och de mjuka mossa-klädda stenar som kantade bäcken. Precis som om naturen var likgiltig för människans öde, men samtidigt generös i sin ro.

Ett svagt ljud av en kråka hördes från träden. Bella spetsade öronen. Thorne satt på en sten och lät tankarna vandra till sin egen barndom – hur han i Stockholm växte upp med ständig trafik och sirener i bakgrunden. *Aldrig var det så här tyst.*

När de reste sig för att gå vidare, snubblade Thorne över något i mossan. En liten bit plast som stack upp. Han böjde sig ner och drog upp det. Det såg ut att vara ett litet fodral av något slag, trasigt i ena kanten. Kanske hade det legat här länge.

"Känner du igen det?" frågade han Erik. "Nej, svårt att säga. Kan vara vad som helst."

Thorne vände och vred på det. Inuti satt ett plastfack där ett kort eller en liten lapp kunde ha suttit. Tomt nu. Kunde det vara en slump eller en rest från Emmas undersökningar? Han lade ner det i en påse han bar i fickan. *Små saker kan vara nycklar,* påminde han sig själv.

Tiden hade runnit iväg snabbare än Thorne anat, och molnen förtätades oroväckande på himlen. Erik föreslog att de skulle ta en genväg hem via en gammal skogsväg. Thorne, som kände ökad kyla i luften, höll med. Bella travade nu lite försiktigare – hon kanske kände av förändringen i vädret.

Under vandringen tillbaka frågade Thorne om Eriks liv, hur han blev fjällräddare. Erik berättade kort om sin uppväxt i trakten, sin kärlek till naturen, och sin frustration över hur Magnus försvunnit och Emmas död blivit ytterligare ett sår för byn.

"Det känns som att folk här stänger in sig," sa han med ett trött leende. "Jag gör vad jag kan för att få dem att förstå att sanningen är viktig. Men de är rädda, tror jag."

Thorne nickade. "Rädsla är en mäktig kraft. Och om någon beväpnad cirkulerar här uppe… jag förstår dem."

De nådde byn när skymningen föll. Små ljus lyste i de få hus som fortfarande var bebodda året runt. Thorne kände sig genomfrusen men nöjd med dagens inspektion. Han hade inte hittat något bombastiskt bevis, men känslan av terrängen och Emmas "vanliga" stigar gav honom mer förståelse för hennes arbete.

Precis när de gick förbi lanthandeln fick Thorne syn på en **röd bil** han inte sett tidigare. Den stod parkerad snett utanför, med motorn igång. Linnea Schultz, journalisten, klev ur med en telefon mot örat. När hon fick syn på Thorne höjde hon ett ögonbryn och avslutade samtalet.

”Markus Thorne, antar jag?” sa hon och sträckte fram handen. ”Jag är Linnea Schultz. Jag… jag antar vi måste prata.”

Han gav Erik en kort blick. Erik nickade förstående och gick vidare med Bella. Thorne vände sig mot Linnea. ”Okej, vi pratar,” sa han. ”Men inte här i kylan.”

De gick in i lanthandeln, som var på väg att stänga för dagen, men Oskar lät dem värma sig någon minut. Linnea förklarade lågmält att hon hade letat efter Thorne: hon hade nya uppgifter om helikopterkraschen och vissa dokument om gamla försvinnanden hon ville visa honom. Thorne kände hur tröttheten vägde, men han insåg att detta kunde vara viktigt.

”Låt oss ta det i morgon,” sa han. ”Jag är nyss tillbaka från en ganska kall tur.” Linnea bet sig i läppen men gick med på det. ”Okej, i så fall… i värdshuset klockan tio? Jag måste ändå bo där.”

När Thorne väl var tillbaka på värdshuset var klockan nästan sju, och han kände magen knorra av hunger. Han stötte på **Karin** i köket, som värmde en gryta med rotfrukter och viltsmakande kött. Hon erbjöd honom en skål, och han kunde inte tacka nej. Samtidigt passade hon på att fråga hur det gått med Erik och stigen.

"Det var intressant," sammanfattade Thorne. "Inga avgörande fynd, men jag förstår mer av Emmas väg nu." Karin gav honom en trött men varm blick. "Bra. Jag hoppas du hittar svar. Du är förresten inte den enda som letar."

Han höjde ett ögonbryn. "Vem mer?"

"Den där journalisten, Linnea. Hon verkar nästan lika envis som Emma var. Suck."

Thorne log snett. "Jag vet, hon cornerade mig nyss vid lanthandeln. Jag ska prata med henne i morgon."

Efter middagen gick han upp på rummet igen. Han försökte ordna sina nya intryck: de platser han sett, den trasiga "eldplatsen," föremålet i mossan, hur Bella fastnat med tassen, hur stillsam naturen ändå var mitt i allt. Det blev en slags mental pusselstund som emellanåt avbröts av tanken på Emmas sista steg: Hur många gånger hade hon gått i samma snår, utan att veta att hon snart skulle möta sin död?

Han kände hur vardagen här uppe, med kaffe i matsalen och diskussioner om vädret, kolliderade med den råa verkligheten av morden. En del av honom uppskattade att byn hade sina enkla rutiner. **Vardagen** var inte tom utfyllnad, insåg han, utan själva grunden där dramat utspelade sig. Folk behövde hämta ved, mata hundar, ta en fika på lanthandeln – allt medan en mördare kunde gå fri.

Så här måste Emma också ha tänkt, tänkte han. *Att hon försökte vinna deras förtroende genom att dela deras vardag. Bara då kan man lösa hemligheterna.* Han stängde anteckningsboken för kvällen, drog för gardinerna och sjönk ner på sängen. Kylan hade krupit in i rummet, men han orkade inte tända elementet mer.

I halvslummer föreställde han sig en okänd gestalt i fjärran, en silhuett i Drommenskåran som bar ett gevär och försvann i dimman. Vem var det? Och varför ville personen tysta Emma? Han andades djupt, men oron vägrade helt försvinna. Inte förrän han somnade kände han lite lugn – men morgondagen skulle föra honom ännu ett steg in i både byns och Emmas vardagliga spår, där faran och avslöjandena lurar i utkanten.

Kapitel 14

Markus Thorne kände av träningsvärken redan när han satte fötterna i golvet. Gårdagens vandring upp mot Drommenskåran hade inte varit alltför lång, men den branta stigen och den höga höjdskillnaden hade gjort sitt. Han drog ett djupt andetag och mindes hur lugnt det faktiskt hade varit därute, trots de dystra omständigheterna. Det var, som Erik sagt, lätt att för en stund glömma allt hemskt när man stod och såg ut över det vida landskapet. Men här i värdshusets dunkla korridor kom allt tillbaka: Emmas död, mysteriet med ljuset, och den ständiga känslan av att någon kanske bar skulden till båda.

När han kom ner till matsalen var klockan runt åtta. **Karin** stod bakom disken och pratade lågmält med **Linnea Schultz**, journalisten han lovat att prata med. De bröt samtalet när de såg honom. Linnea log kort, som om hon inte riktigt visste hur hon skulle bemöta honom.

”God morgon, Thorne,” sa hon. ”God morgon,” svarade han avvaktande. ”Hade du något nytt åt mig?”

Karin ursäktade sig och gick ut i köket för att fixa mer kaffe. Linnea nickade mot ett bord i hörnet. "Jag tänkte sätta mig där. Vi kan väl fortsätta samtalet du lovade mig?"

Han nickade. "Ge mig en minut att vakna med kaffe."

Hon drog på munnen, en aning sarkastiskt, men slog sig sedan ner. Thorne gick fram till buffén, där några frallor och en marmeladburk stod framme. Han tog en enkel frukost och hällde upp kaffe i en kopp innan han slog sig ner mittemot Linnea.

Linnea tog fram en tunn pärm ur sin axelremsväska. "Jag fick fatt i lite fler urklipp och rapporter om tidigare försvinnanden här i trakten," förklarade hon. "Inte bara Magnus, utan gamla historier från 90-talet. Saker Emma var inne på."

Thorne tog emot pärmen med en rynkad panna. Några gulnade tidningsklipp låg i plastfickor. Rubriker som "Ung vandrare spårlöst borta i fjällen" eller "Märkliga ljus skapar oro bland bybor". Han såg att vissa artiklar var lokala, från en småstadstidning, andra större men bara notiser.

"Jag har sett en del av detta," mumlade han. "Men inte allt, tror jag." Linnea nickade ivrigt. "Jag snubblade över dem i ett arkiv som inte är digitaliserat. Tydligen har den där 'ljus-myten' förföljt byn i årtionden. Men ingen verkar ha kopplat ihop det med konkreta försvinnanden förrän nu. Fast i en av artiklarna påstås en äldre man i byn ha bevittnat en 'samling' uppe i skåran. Han dog nåt år senare. Kanske sammanträffande, kanske inte."

Thorne lyfte blicken. "Du menar att det pågått längre än någon velat erkänna?"

Linnea höjde axlarna i en halvt ursäktande gest. "Jag vet inte. Kanske är det bara lokala sägner som blandas ihop med faktiska olyckor. Men Emma var övertygad om att 'ljuset' inte var naturligt."

De tystnade när Karin steg in från köket. Hon tog fram mer kaffe till Thorne och lade fram en liten skål smör. "Ni verkar ha mycket att prata om," sa hon i en neutral ton, sedan återvände hon till disken. Det kändes som om hon inte riktigt vågade ta ställning inför deras konversation.

”Varför visar du mig detta?” frågade Thorne till slut, efter att ha skummat artiklarna. ”Du vill väl skriva en artikel själv?”

Linnea suckade. ”Jag vill inte att fler ska dö, Markus. Tja, jag vill förstås ha en story också, men jag är inte hjärtlös. Om du kan använda detta för att sätta dit någon eller avslöja en hemlig grupp, kör hårt. Men jag vill gärna vara med och höra sanningen först.”

Thorne lade ifrån sig pärmen. ”Jag uppskattar det. Men jag varnar dig: om det finns någon bakom Emma och Jens död, så är de beväpnade och farliga. Tänk inte att du bara kan springa runt och gräva på egen hand.”

Linnea bet ihop. Han såg en glimt av trots i hennes ögon men också en uns av rädsla. ”Jag förstår. Men jag vet inte hur jag ska låta bli. Emma var en vän, på sätt och vis, och jag vill inte att hon ska ha dött förgäves.”

Thorne sänkte blicken. ”Ingen vill det,” mumlade han. *Allra minst jag själv.*

Han reste sig, ursäktade sig för Linnea och klev ut i foajén, där han noterade bättre mobiltäckning. Medan han scrollade i sin telefon, såg han ett missat samtal från **Saga**. Han tryckte på återuppringning.

”Hej, Markus. Jag ville bara kolla läget. Har du fått nån hjälp av stationen?” Sagas röst lät lite trött men engagerad.
”Inte mycket,” medgav han. ”Men jag har börjat prata med folk, och en journalist här har gett mig fler artiklar om gamla försvinnanden.”

Saga hummade. ”Jag kanske tar mig upp till byn om jag får ledigt från min gruppchef. Jag orkar inte bara sitta i Östersund när… ja, när allt det här händer.”

Thorne kände oväntat en viss lättnad. ”Gör det. Du kan säkert bo på värdshuset. Men var beredd på att byn är… försiktig.”

De lade på efter en stund, och Thorne märkte att han ändå var tacksam för utsikten att få Saga på plats. Trots deras åldersskillnad och olikheter förenades de av Emmas öde. Kanske kunde hon bli en allierad när det smällde till på riktigt.

Resten av förmiddagen ägnade han åt att sitta i värdshusets matsal, där han brett ut kartor över borden. Karin kom förbi med en extra kopp kaffe och betraktade nyfiket hur han ringade in olika platser: stigen upp mot skåran, den mystiska eldstaden som Emma skrivit om, och nu även en del klippformationer där ljuset sägs ha setts.

”Du har varit polis länge, va?” frågade Karin plötsligt.
Thorne nickade, lyfte blicken. ”Längre än jag vill erkänna. 25 år. Jag började i Stockholm som ung och hoppfull, men allt… ja, du vet, kriminella ligor, maktspel, korruption.” Han ryckte på axlarna. ”Jag hade väl hoppats på lugnare dagar på slutet. Men ibland jagar fallen en ändå.”

Karin lade handen försiktigt på stolens rygg framför sig. ”Emma verkade tro att du var en slags legend, fast du var så butter i telefonen.”

Han fick ett snett leende. "Legend? Jag tror hon överdrev. Jag har sett min beskärda del av skit, men det är väl allt."

Karin tvekade, som om hon inte ville verka påträngande. "Jag är glad att du är här i alla fall. Jag saknar Emma. Hon… hon var envis men… snäll."

Ett styng av sorg for genom honom. "Jag vet," sa han. "Jag önskar jag förstått henne bättre innan… det som hände."

Efter lunch – en enkel soppa igen, då Karin hade slut på färskvaror – gick Thorne upp till Emmas gamla rum igen för att kolla en sista gång i plastbacken. Han insåg att han kanske skulle behöva städa ur rummet helt, för att flytta allt till polisstationen. Men han ville inte riva upp sår hos Karin genom att ta över på ett sätt som kändes klumpigt.

Han hittade inget nytt bland Emmas prylar, men han lade märke till en liten lapp som fastnat mellan två kartblad. En rad på otydlig handstil löd: "Någon försöker tysta mig. Har sett fotavtryck utanför mitt fönster." Hans hjärta bultade hårdare. *Hur allvarligt tog hon det själv?* undrade han. Hon skrev "har sett fotavtryck" – men hon hade tydligen inte ringt Thorne eller någon annan direkt. Var det då en tillfällighet, eller var hon ständigt skuggad?

Senare på eftermiddagen bestämde han sig för att gå en sväng i byn igen. Himlen hade mörknat, men fortfarande inget snöfall, bara bistert kallt. **Håkan**, jägaren, stod vid sin gamla jeep, men när Thorne närmade sig, knyckte han med nacken och gick in i garaget. *Jaha,* tänkte Thorne, *Han vill inte prata än.* Kanske nästa gång.

I lanthandeln var det desto lugnare. Oskar var upptagen med att packa upp en leverans av torrvaror, så Thorne gav honom bara en kort nick. Han fortsatte förbi affären och vände upp på en liten stig mellan två hus, där han trodde en genväg mot lekplatsen fanns. På håll hörde han dämpade röster och såg två personer stå och prata i skymningen. När han närmade sig drogs de snabbt in i skuggan. Han fnös tyst. *Rädda eller misstänksamma?*

På väg tillbaka mot värdshuset fick han syn på en äldre herre som han inte sett förut, iförd tjock jacka och käpp. Han stod och vattnade en ensam blomma i en frusen rabatt, ett märkligt blickfång. När Thorne passerade, vände sig mannen om.

”Du är polisen, va?” frågade han med en hes stämma.
”Markus Thorne,” svarade han artigt. ”Och du?”
”Rune.” Mannen kisade. ”Du letar efter… mördaren?”

Thorne nickade allvarligt. ”Vet du något som kan hjälpa mig?”
Rune tittade ner på sin rabatt. ”Kanske inte. Men jag vet att många här är rädda. Jag också. Det har hänt förr att folk försvunnit eller skjutits. Ibland kommer det inga svar.”

Ett styng av ilska for genom Thorne. ”Jag ska hitta svar,” lovade han. ”Jag ger mig inte förrän jag gjort det.”

Rune stirrade på honom några sekunder som om han letade efter tecken på bluff. Sedan lade han en kall, tärd hand på Thornes axel. ”Lycka till, kommissarie," mumlade han, innan han vände sig tillbaka till sin blomma. Thorne hörde en svag sorg i mannens röst, som om han redan dömt ut polisen. Det brände i hans inre. Han tänkte: *Jag får bevisa att de har fel.*

Efter middagen på värdshuset – en enkel gryta igen, Karin var inte en gourmetkock men duktig nog – slog han sig ner i en av sofforna i foajén för att gå igenom Linneas pärm. Hon dök upp strax efter och föreslog att de skulle sitta tillsammans. Även om han hade sina reservationer, insåg han att hon kunde vara en resurs.

"Se den här notisen från 1995," sa Linnea och pekade. "En vandrare som påstod sig ha sett skuggor och ljus mitt i natten, och sedan lämnade området i panik. Polisen letade men hittade inget. Mannen kallades knäpp i pressen."
"Kanske han var knäpp, kanske inte," muttrade Thorne.

Linnea ryckte på axlarna. "Hur många sådana historier finns? Tydligen många. Men ingen koppling förrän nyligen, när Emma rotade i det."

De jobbade tyst en stund med att anteckna, och Thorne slogs av att det nästan kändes som en poliskollega han samarbetade med. Linnea förhörde sig om nya ledtrådar han funnit under vandringen med Erik, men han teg om den där lappen i Emmas papper om fotavtryck – han ville inte avslöja allt ännu. Till slut gäspade Linnea stort.

"Det är mycket, det här," sa hon. "Jag är rädd för att också råka illa ut. Samtidigt kan jag inte backa ur nu."
"Bli inte ensam i fjället," varnade Thorne. "Jag vill inte hitta ännu en kropp."

När kvällen föll på allvar, drog sig Linnea tillbaka till sitt rum och Thorne gick upp till sitt. Han stack in huvudet i Emmas gamla rum en sista gång, bara för att känna av energin därinne. Det var fortfarande tyst, ljuset i taket fladdrade svagt, som om nån glödlampa höll på att ge upp. Han stod där en minut och lät blickarna löpa över den ensamma sängen, den slitna byrån, kartorna som han redan hade flyttat i sin plastback. *Hon sov här, planerade här, och sen…* En iskall ilska samlades i honom.

Tillbaka i sitt rum försökte han sätta samman dagen. Det hade varit en nästan vardaglig upplevelse: en tur i naturen med Erik, en lunch i lugn, en pratstund med Linnea, en främling med en blomma. Och ändå lurade det stora mörkret i varje hörn. *Nr 4-lösningen* – en sektliknande grupp med kanske kriminell agenda – var nåt han nu anade. Men han hade ännu inga konkreta bevis, bara rykten och Emmas antydningar.

Han satte sig vid laptopen. Slog upp Emmas fil, där hon listat personer i byn:

- **Håkan (jägare)**: Butter, ej samarbetsvillig. Varit emot skallgången.
- **Ragnhild**: Talade om ljuset, men verkade mest nyfiken.
- **Bosse & Berith**: Pensionärer, vänliga, verkade ofarliga.
- **Oskar (lanthandeln)**: Mestadels hjälpsam, men vem vet?
- **Rune**: Ny bekantskap, verkar uppgiven.

Han noterade hur ingen framstod som uppenbart skyldig, men alla bar på en slags gemensam tystnad. Kanske fanns en liten kärna av människor som var villiga att gå långt för att skydda en hemlighet — att hålla fjället och byn i ett järngrepp av rädsla.

Utanför fönstret drog vinden upp igen. Han reste sig och kikade ut, såg bara mörker. Ingen syntes på gårdsplanen. I bakhuvudet ringde en varningsklocka: *Emma såg fotavtryck utanför sitt fönster.* Kunde någon stå där ute i natt och titta in på honom?

Han läste igen den lilla lappen i Emmas anteckningsblock: ”Någon försöker tysta mig. Har sett fotavtryck.” Hans mage knöt sig. Han drog för gardinen med en bestämd rörelse. *Kom an, då,* tänkte han sardoniskt. *Jag är inte lika naiv som Emma…* och omedelbart ångrade han formuleringen. Emma var inte naiv, hon var bara ensam.

Med ett trött stön sjönk han ner i sängen, lade sig med kläderna på och stirrade i taket. Han försökte föreställa sig morgondagen: Kanske skulle Saga dyka upp, eller så skulle han själv försöka pressa Håkan på svar. Och Linnea… hon hade sin egen agenda. Allt var en enda röra. Men han hade i alla fall en plan: Gå vidare på djupet av Emmas misstankar, följa spåren av ljus och se om han kunde hitta bevis för en grupp människors inblandning, inte bara en ensam galning.

Klockan närmade sig elva när han slutligen drog av sig skorna och släckte lampan. Mörkret sänkte sig, och han lyssnade efter ljud i korridoren. Bara tystnad. En hel by sov, men i Thornes huvud pågick tusen frågor utan svar. Det fanns en kuslig stämning över att han faktiskt började ana en konspiration. Kanske hade Emma ändå haft rätt i att "något större" gömde sig i skuggorna.

Med den tanken föll han i en orolig sömn, där drömmar om kalla skogar, ljusstrimmor och Emmas allvarliga blick jagade honom. Dagen hade varit fylld av lugna scener, men lugnet var bedrägligt – han kände det i varje fiber. *Vardagen här är bara en fasad,* var hans sista medvetna tanke. *Snart måste det brista, och jag måste vara redo.*

Kapitel 15

Markus Thorne vaknade av röster och buller från nedervåningen. Det hördes inte som panik, snarare upprörda röster och dämpat trampande av fötter. Han satte sig upp i sängen, drog en hand genom det rufsiga håret och registrerade att klockan bara var strax efter sju. Solen hade knappt hunnit nudda fjälltopparna. Ändå verkade något ha hänt på värdshuset.

När han kom ner möttes han av **Karin** som vankade av och an i foajén. Hon såg orolig ut och tuggade nervöst på kanten av sin cardigan. Bredvid henne stod en uppriven **Oskar** från lanthandeln, iförd tjock jacka trots att de befann sig inomhus.

"Vad händer?" frågade Thorne. "Nån tände eld på en låda eller nåt vid min lanthandel i gryningen," flämtade Oskar. "Jag hann släcka innan det spreds, men… men det var ingen olycka. Jag vet att jag såg nån springa iväg."

Thorne rätade på ryggen, all sömnighet borta i ett slag. "Du såg en person?" Oskar nickade häftigt.

”En skugga. Hann inte se ansiktet. Kunde vara kort eller lång, hade en mörk jacka. Jag… jag blev rädd. Fy fan, jag tänkte att jag bränner ner halva byn om jag inte lyckas släcka i tid.”

Karin lade en hand på Oskars axel, men hon såg själv skakad ut. ”Jag… jag tänkte att du borde få veta, Markus,” sa hon lågt. ”Polisen i Östersund lär inte komma på stört för nåt sånt.”

Thorne andades in djupt och kände hur ilskan bubblade upp. *Eld*? Var det ett försök att skrämma Oskar, eller rent sabotage? Det kunde vara en slump, men efter allt han hört om sabotage och rädsla i byn var han övertygad om att någon försökte sända en varning.

Han lovade att genast följa med Oskar till lanthandeln för att kolla på skadorna. Men först tog han en snabb kopp kaffe i matsalen; han behövde ett klarare huvud. Medan han slog sig ner för att klunka i sig den svarta drycken dök **Linnea Schultz** upp, fortfarande klädd i mjuka inomhuskläder. Hon såg på honom med frågande blick.

"Jag hörde bråk," sade hon. "Hände det nåt?" Thorne förklarade kortfattat. Linnea spärrade upp ögonen. "Tror du det är kopplat till Emmas mord?" "Det kan jag inte utesluta," muttrade han. "Vi får se. Jag tänker inte ropa varg än."

Hon bet sig i läppen. "Hör av dig om du vill att jag ska dokumentera." "Jag klarar det," sa Thorne och reste sig, kanske aningen bryskt. Han ångrade tonen nästan direkt men hade inte tid att be om ursäkt. Han nickade bara åt henne och gick ut genom dörren, där Oskar väntade otåligt på gårdsplanen.

Färden till lanthandeln var kort – den låg på andra sidan byn, men varje steg kändes tungt i den isiga luften. Oskar gick före, kastade nervösa blickar åt sidorna, som om han fruktade att sabotören skulle hoppa fram ur buskarna. Thorne bar med sig en kamera och en liten anteckningsbok. Fastän han saknade officiell backup här kändes det som hans plikt att dokumentera brottsplatsen.

Väl framme såg Thorne att en låda brunnit vid husväggen, nära en stapel med tomkartonger. Marken var svartbränd runt om, och en svag lukt av rök hängde i luften. Han rörde med foten i den skadade lådan och fann att insidan var täckt av sotsvart aska. Det var knappast en slump. Och om elden tagit sig in i själva byggnaden kunde det blivit en katastrof.

"Var låg den här lådan egentligen?" frågade Thorne.
"Just här," sa Oskar och pekade med darrande finger. "Jag staplar skräp här för att köra bort det en gång i veckan. Någon måste ha tänt på vid femsnåret eller så. Jag såg det genom fönstret och rusade ut med en hink."

Thorne tog bilder med mobilen. Han såg ingen bensindoft eller liknande, men intrycket var att någon använt brännbart material med avsikt att starta en eld. Mönstret kändes för planerat för att vara en ungdomlig busstreck. *Ett hot eller ett test,* tänkte han.

Medan Thorne skrev ner Oskars vittnesmål, öppnade Oskar butiken för morgonkunderna. Det kändes smått absurt: här hade nyss varit ett brandförsök, men byborna behövde fortfarande köpa sin mjölk och sitt bröd. En äldre kvinna klev in och såg skärrad ut när hon noterade sotfläckarna. Oskar skötte sin lanthandelsroll med mekaniska rörelser, men blicken flackade då och då mot Thorne.

”Någon hatar mig, eller hur?” mumlade Oskar när kvinnan gått. ”Varför skulle man annars sätta eld på min butik?” Thorne skakade på huvudet. ”Inte säkert de hatar just dig, men de kanske vill skrämma alla i byn. Eller skicka en signal.”

En rysning gick genom Oskar. ”Signal om vad?” ”Att man inte ska prata med polisen, kanske,” sa Thorne rakt ut. ”Har du pratat mycket med Emma?”

Oskar nickade och svalde. ”Hon kom då och då, frågade om rykten, om jag sett ljus eller konstiga transportbilar. Jag… jag berättade det lilla jag visste. Kanske var det för mycket.”

Efter att ha försäkrat Oskar om att han skulle göra vad han kunde, lämnade Thorne lanthandeln. På vägen tillbaka till värdshuset ringde telefonen igen. *Saga,* såg han på skärmen. Han svarade, lite andfådd av kylan.

”Markus, jag är i byn nu,” hördes Sagas röst. ”Vart är du?” Han stannade upp. ”Jag är nästan framme vid värdshuset. Vad tusan, kom du nu?” ”Ja, jag tog egen bil i gryningen. Jag gick bara in och lämnade väskan hos Karin, hon sa du var ute och kollade en brand?”

”Precis,” sa Thorne kort. ”Möt mig i foajén, jag är där om två minuter.”

När han klev in i värdshuset stod Saga vid receptionsdisken, lite vilsen i sin yngre framtoning. Hon hade en ljus täckjacka och höll mobilen i handen. När hon fick syn på Thorne sträckte hon fram handen – en artig, nästan formell hälsning.

”Chefen… eller ja, förlåt, Markus,” sa hon. ”Jag är här på egen tid, men jag… jag vill hjälpa.” Thorne nickade. ”Tack. Jag vet att Emma och du var vänner. Så du vet hur viktigt det är att vi får klarhet.”

Karin dök upp bakom disken och gav dem en kort blick. ”Jag ställer i ordning ett rum åt dig, Saga. Vi är inte fullbelagda, om man säger så.” Det lät som en bitter anspelning på att turister sviker när rykten om mord florerar.

”Tack,” sa Saga lågmält. Hon vände sig till Thorne igen. ”Vad är det för brand?”

Thorne förklarade i korthet. Hon såg genast upprörd ut. ”Ett sabotage alltså,” sade hon. ”Tror du det är samma person eller grupp som sköt Emma?”
”Jag misstänker det,” medgav Thorne. ”Vi har inga bevis, men... byn är inte stor, och ett brandförsök känns som en varning.”

Under sen förmiddag beslöt han att hålla ett informellt möte i matsalen med **Saga**, **Erik**, och eventuellt **Linnea** om hon ville. Karin lånade dem ett bortdraget hörnbord, och de samlades runt en enkel karta över byn.

- Thorne rapporterade fyndet vid lanthandeln.
- Erik berättade att han hört om ännu en incident: någon försökte stjäla en bensindunk från ett garage i utkanten av

byn samma morgon. Kanske samma förövare.

- Saga gick igenom de formella rutinerna hon kunde erbjuda – men eftersom hon var här inofficiellt, var resurserna begränsade.
- Linnea smög sig fram vid bordskanten, men Thorne gav henne en avvaktande blick. Han lät henne lyssna, men hon fick inte fria tyglar.

"Vi behöver övervaka byn bättre," föreslog Saga. "Om de fortfarande är aktiva, kanske de gör fler försök. Kameror? Vaktschema?" Erik såg bekymrad ut. "Folk i byn ogillar sånt, men jag kan ställa upp nattvakt, kanske några jag litar på."

Thorne såg på dem med en rynkad panna. "Bra. Och jag vill också att vi följer upp eventuella oväntade transporter i fjället. Emma misstänkte att nån använde ljuset för att dirigera folk. Kanske är det kopplat till smuggling eller nån ritual."

Efter mötet upplöstes gruppen. Saga gick upp på rummet för att packa upp, Erik begav sig till sin stuga för att hämta utrustning, och Linnea försvann med sin laptop i högsta hugg. Thorne passade på att äta en snabb lunch i matsalen – en varm soppa, som vanligt – och han noterade hur **Karin** hastigt rörde i en gryta bredvid, distraherad av alla störningar.

"Är du okej?" frågade han lågt när han hämtade en ny skål. Karin tvingade fram ett leende. "Jag… är mest orolig att det ska brinna härnäst. Om de börjar bränna ner byggnader." Hon suckade. "Och jag saknar Emma. Ibland låter jag blicken glida mot trappan och tror hon ska komma ner med sina anteckningar."

Thorne kände en klump i halsen men svarade inte, för han visste inte hur.

Senare på eftermiddagen, när Thorne funderade på att besöka Rune eller Berith och Bosse, överraskades han av Saga i receptionen. Hon såg piggare ut, ombytt till friluftskläder.

"Markus, jag tänker ta en runda i byn," sa hon lugnt. "Se om jag får folk att prata. De kanske är mindre rädda för mig än för dig."

Thorne studsade lätt på hälarna. "Var försiktig. Om de tände eld på lanthandeln, kan de göra vad som helst."

"Jag är polis," sa hon tyst men bestämt. "Jag kan ta hand om mig."

Han insåg att hon inte behövde hans tillåtelse, men han gav henne ett bekräftande ögonkast. "Ta med telefonen, ring mig om nåt skumt händer."

När kvällen närmade sig hade Thorne inte fått nya rapporter om sabotage. Byborna verkade gå in för att stänga dörrar och fönster; det började blåsa kallare, och himlen var hotande grå. Han beslöt att göra en snabb koll vid **Emmas rum** en sista gång för dagen – han hade en gnagande känsla att han missat nåt.

I korridoren stötte han på **Linnea**, som också var på väg upp. Hon hade en mapp i handen. "Jag tänkte fråga om du vill se en sak jag glömde visa i morse," sa hon. "En intervju jag gjorde med en äldre dam om en händelse på 90-talet."

Tröttheten slet i honom, men han nickade. De gick till hans rum, där han slog på lampan. Linnea tände sin laptop och visade ett digitalt dokument med transkriberade rader: en kvinna vid namn **Agneta** berättade om hur hon sett en grupp människor uppe vid klipporna en kväll för många år sedan. De verkade utföra en slags ceremoni med facklor. Agneta hade trott det var scouter, men när hon närmat sig hade en man kommit fram och jagat bort henne.

”Hon nämner att en av dem hade nån slags symbol på kläderna,” sa Linnea, zoomande in på ett stycke. ”Som en bergssilhuett med en ring runt.”

Thorne kisade. *En sektliknande symbol?* ”Okej, det kan vara nåt,” mumlade han. ”Har du visat detta för Emma?”

”Nej, jag träffade Agneta först efter Emmas död. Jag försökte ringa upp Agneta igen för fler detaljer, men hon var ovillig att prata. Sade bara att det var länge sen och hon ville inte bli inblandad.”

Han antecknade i huvudet att en bergssymbol skulle kunna vara en identifierande markör, om någon i byn bar liknande märken. *Eller så är det en gammal scoutemblem…* men han tvivlade.

När Linnea gått stängde Thorne dörren, släckte lampan och satte sig i mörkret. Genom fönstret syntes byn i svag skymning: några gatlyktor, spridda ljus i husen. Ibland kändes det som om en mörk skugga rörde sig mellan husen, men han kunde inte vara säker. *Förmodligen inbillning,* tänkte han, men beslöt ändå att vara på alerten.

Han påmindes om att Saga var ute bland byborna. Hoppades hon inte råkade ut för nån farlig typ i mörkret. Samtidigt måste polisen visa närvaro, även om den var liten. *En bynatt som vilken som helst,* insåg han, *men med en underton av hot.*

I gryningen hade en brand kunde blivit en total förödelse. Under dagen spreds rykten om fler sabotage. Ändå fortsatte livet i byn: **Berith** och **Bosse** syntes ute med hunden Bella, **Ragnhild** sågs handla i lanthandeln, **Håkan** meckade med sin jeep. Allt "vardagligt", men med en ny underton av paranoia.

Thorne satte sig vid skrivbordet och skrev ner en plan för morgondagen:

1. Tala med Håkan och andra misstänkta/avoga bybor, även om de vägrar.
2. Samla mod att gå upp i Drommenskåran i skymning, kanske med Erik. Se om det verkligen finns ljusfenomen.
3. Undersöka symboler – bergssilhuett och ring.

Han kände hur tröttheten sög i hans muskler, men också hur ilskan gav honom bränsle: *Någon,* eller en grupp, försöker uppenbarligen sprida skräck genom sabotage och mord. Emma hade varit på rätt spår, och hon fick betala med livet. Ingen mer skulle betala. *Inte Saga, inte Karin, inte Linnea, inte Oskar… ingen.*

När han lade sig den kvällen var himlen helt mörk. Inget månljus syntes. Vinden rasslade i trädtopparna. Han undrade om sabotören var ute igen, men beslöt sig för att stanna inne och samla kraft. *I morgon,* tänkte han, *ska jag ta ett hårdare tag i byn.* Men tills dess behövde han några timmars sömn.

Ytterligare en dag hade passerat i Drommen, en dag kantad av brandförsök, rädda bybor och smygande misstänksamhet. Kylan lade sig över husen, och Markus Thorne slöt ögonen i en orolig vila, med en brinnande beslutsamhet i bröstet: Denna kedja av hot och våld skulle brytas, hur hård kampen än blev.

Kapitel 16

Den kalla natten svepte in över Drommen som en mörk filt. De flesta i byn hade redan gått och lagt sig, men Markus Thorne satt fortfarande uppe på sitt rum. Hans lampa kastade ett varmt sken över kartorna, anteckningarna och pärmarna som låg utspridda på bordet. Kaffekoppen framför honom var halvtom och kall. Trots att han försökte koncentrera sig på dagens fynd, smög en gnagande känsla in i hans medvetande – som om något var på väg att hända.

Det var strax efter midnatt när Thorne ryckte till av ett avlägset ljud. Han kunde inte placera det först, men sedan slog det honom: ett skrik. Långt borta, dämpat av fjällens vindar, men tydligt nog för att hans instinkter skulle vakna till liv. Han reste sig hastigt, drog på sig jackan och öppnade dörren till korridoren. Där stod **Saga**, redan på väg ut.

”Hörde du det också?” frågade hon, andfådd som om hon nyss sprungit. ”Ja,” svarade han kort. ”Det kom från andra sidan byn, mot sjön.”

De rusade nerför trapporna och ut genom värdshusets dörrar. Vinden var bitande kall, och mörkret låg tungt över byn. Thorne kunde se att några andra bybor också hade hört ljudet – enstaka lampor tändes i stugorna, och silhuetter syntes vid fönstren.

"Vi måste skynda oss," sade Saga och började springa mot ljudets riktning.

Thorne och Saga följde stigen som ledde mot sjön. Marken var hård av frost, och deras kängor knarrade i det tunna lager av is som bildats på marken. Thorne kände hur hans puls ökade, både av ansträngningen och av den växande oron. Vad hade hänt?

När de närmade sig sjön såg de något i strandkanten – en mörk silhuett som låg stilla mot de frostiga stenarna. Saga var snabbast fram och hukade sig bredvid kroppen.

"Det är… Ragnhild," viskade hon.

Ragnhild, en av byns äldre kvinnor, låg på rygg med ögonen halvöppna. Hennes ansikte var blekt, och hennes händer låg utsträckta som om hon försökt försvara sig. På halsen syntes märken som fick Thornes mage att vända sig. Det var tydligt att hon blivit strypt.

"Hon är död," sade Saga med en sprucken röst.

Thorne hukade sig bredvid henne och undersökte omgivningen. Marken runt Ragnhild var uppriven, som om en kamp ägt rum. Det fanns också fotspår – två olika mönster, ett par större och ett par mindre, som ledde från platsen och vidare in i skogen.

"Det här var inget slumpmässigt," muttrade Thorne. "Någon visste att hon skulle vara här."
"Men varför?" frågade Saga, hennes röst fylld av frustration. "Vad hade hon med något av det här att göra?"

Medan de väntade på att förstärkning från Östersund skulle anlända, började Thorne och Saga gå igenom vad de visste om Ragnhild. Hon hade inte varit en central del av utredningen, men hon hade funnits i periferin – en av de många bybor som ibland kommit med små kommentarer om ljuset, rykten och gamla historier.

"Hon var aldrig rädd för att prata," sade Saga. "Men hon hade inget konkret. Bara små observationer."
"Och ändå mördades hon," konstaterade Thorne bistert. "Kanske såg hon något hon inte skulle ha sett. Eller så försökte hon ta reda på mer själv."

Han kände hur frustrationen växte. Om mördaren nu gått efter Ragnhild, kunde det betyda att de kände sig hotade. Kanske hade hon snubblat över något viktigt – en ledtråd som Thorne fortfarande saknade.

När nyheten om Ragnhilds död spreds genom byn morgonen efter, var reaktionerna omedelbara. **Berith** och **Bosse** dök upp vid värdshuset för att fråga vad som hänt. Erik såg rasande ut när han hörde om strypningen, och Oskar i lanthandeln stängde butiken för dagen, oförmögen att hålla uppe fasaden.

"Hon förtjänade inte det här," sade Erik när han satte sig vid ett bord i matsalen med en kopp kaffe framför sig. "Hon var en av de snällaste människorna jag känner."

Thorne nickade men sade inget. Han visste att Erik hade rätt, men just nu behövde han tänka klart. Om Ragnhilds död var en varning, till vem var den riktad? Och vad var det hon kan ha upptäckt?

När Thorne och Saga senare samma dag gick igenom Ragnhilds lilla stuga, hittade de något som fångade deras uppmärksamhet. I en låda under hennes säng låg en anteckningsbok, fylld med prydlig handstil.

"Det här ser ut som hennes egna tankar," sade Saga och bläddrade försiktigt igenom sidorna. "Kanske något här kan förklara varför hon blev ett mål."

Thorne tog boken och började läsa. Det mesta var vardagliga noteringar om vädret, byns händelser och små betraktelser. Men på en av de sista sidorna fanns en kort notering som stack ut:

"Såg ljuset igen. Den här gången kom det från en annan riktning, bortom skåran. Följde efter en stund, men hörde röster och vågade inte gå närmare. Någon var där."

”Det var bara för två dagar sedan,” sade Thorne långsamt. ”Hon följde ljuset och hörde röster.” ”Och någon såg henne,” fyllde Saga i.

Nyheten om att Ragnhild kanske hade blivit mördad för att hon följt ljuset spred sig snabbt. Byborna blev ännu mer reserverade. Thorne märkte hur folk undvek honom på gatan, hur de sänkte rösterna när han kom nära.

Men det fanns också de som började prata – av rädsla eller desperation. En äldre man på lanthandeln berättade att han sett konstiga transporter på natten, men han vågade inte säga mer. Erik, som varit tyst om sina egna observationer, erkände att han också hört röster i närheten av skåran men avfärdat det som jaktlag.

”Alla vet att något händer här,” sade Erik till Thorne när de gick tillbaka mot värdshuset. ”Men ingen vågar säga för mycket. De är rädda.”

Efter att ha gått igenom Ragnhilds anteckningar, pratade Thorne och Saga länge om nästa steg.

”Vi måste hitta platsen hon beskrev,” sade Saga. ”Om ljuset kom från en annan riktning, kan det vara en ny plats." "Och vi måste göra det snart," sade Thorne. "Om mördaren fortfarande är aktiv, kan det hända igen."

De beslöt att organisera en utflykt till området bortom skåran nästa dag. Men Thorne kunde inte skaka känslan av att tiden höll på att rinna ut. Med varje nytt mord blev det tydligare att någon i byn gjorde allt för att skydda sina hemligheter – och att de var villiga att gå hur långt som helst för att lyckas.

Kapitel 17

Markus Thorne vaknade tidigt, trots att det fortfarande var mörkt ute. Det var en vana han utvecklat under åren som polis – att vakna med tankarna redan på nästa steg. Den här morgonen var inget undantag. Anteckningar från föregående dag låg spridda på bordet bredvid honom, och kartan över Drommen låg halvt uppvikt, full av små markeringar. Han kände hur koffeinet började kicka in från koppen han höll i handen.

Saga kom in i matsalen strax efter honom, fortfarande iklädd sin slitna grå hoodie och vandringsbyxor. Hon nickade mot honom och hämtade kaffe utan ett ord. När hon slog sig ner vid hans bord möttes deras blickar, och Saga tog till orda först.

”Jag antar att vi sticker tidigt?” frågade hon.

”Så fort det ljusnar,” svarade han. ”Platsen Ragnhild beskrev kan vara nyckeln till allt det här.”

Saga nickade, men hennes blick dröjde kvar på kartan framför honom. Hon kände hur rastlösheten byggdes upp inom henne. Kanske var det det ouppklarade mordet på hennes vän och kollega Emma som gnagde mest. Eller kanske var det försvinnandet av Magnus Fjellman, som nu kändes mer som en varning än en slump.

De gav sig av strax efter gryningen. Marken var täckt av ett frostigt lager som glittrade i morgonljuset. Stigen genom skåran var smal och stenig, och vinden ven genom bergsväggarna, som om själva fjället försökte viska något till dem.

Saga gick före och höll ett raskt tempo. Hon bar en ryggsäck med vatten och en ficklampa – en påminnelse om att dagen snabbt kunde övergå i skymning. Thorne följde henne, hans blick ständigt svepande över landskapet. Han noterade varje fotspår, varje förändring i marken.

När de nådde platsen Ragnhild nämnt, stannade de båda till. Det var en glänta omgiven av höga träd, och mitt i öppningen låg en cirkel av stenar, som om någon arrangerat dem med avsikt. Luften kändes annorlunda här, som om den bar en tyngd av något osynligt. Saga tog fram sin ficklampa och började lysa runt platsen.

"Titta här," sade hon och pekade på en av stenarna. "Det är sotmärken. Nyligen bränt."

Thorne gick närmare och undersökte stenen. Märkena var tydliga – som om någon tänt en eld här bara dagar tidigare. Han kände en rysning gå längs ryggraden.

Saga fortsatte att undersöka platsen medan Thorne såg sig omkring. Hon böjde sig ner och plockade upp något som låg halvt gömt under ett lager av löv. Det var en liten träfigur, grovt täljd och märkt med samma symbol som Emma nämnt i sina anteckningar – en bergssilhuett omgiven av en cirkel.

"Den här ser inte gammal ut," sade hon och räckte den till Thorne. "Tror du Emma såg den här platsen?"

Thorne skakade på huvudet. "Om hon gjorde det, skrev hon inte om det. Men det här... det betyder att vi är något på spåren."

De fortsatte att leta, och snart hittade Saga ytterligare bevis – rester av brända facklor och något som såg ut som en primitiv ljusanordning, gömd i en klyfta i marken. Thorne tog fram sin mobil och började dokumentera fynden, medan Saga skrev ner detaljer i sin lilla anteckningsbok.

Medan de arbetade, började Saga känna en obehaglig känsla av att de inte var ensamma. Hon reste sig och svepte med blicken över gläntan. Något rörde sig i utkanten av hennes synfält – en skugga, för snabb för att hon skulle kunna identifiera den.

”Thorne,” viskade hon. ”Någon är här.”

Han reste sig omedelbart och drog fram sin ficklampa. Ljuskäglan svepte över träden, men det enda de kunde se var stillastående grenar och löv som rörde sig i vinden.

”Var?” frågade han, men Saga kunde bara skaka på huvudet.

De stod tysta i flera minuter, lyssnande efter ljud eller rörelse. Men allt de hörde var vinden som susade genom träden. Till slut sänkte Thorne sin ficklampa och skakade på huvudet.

”Om någon var här, är de borta nu,” sade han. ”Men vi ska inte stanna här längre än nödvändigt.”

På vägen tillbaka till byn var stämningen mellan dem spänd. Saga kunde inte skaka av sig känslan av att de blivit iakttagna, och Thorne var djupt försjunken i tankar om fynden. När de nådde värdshuset, var Saga den som bröt tystnaden.

”Vad tror du om Magnus Fjellman?” frågade hon. ”Tror du han är... död?”

Thorne såg på henne, hans blick mörk. ”Om han är det, är det för att han visste för mycket. Precis som Emma.”

De gick in genom värdshusets dörrar och möttes av Karin, som såg ut att vilja säga något. Men Thorne höjde handen.

”Inte nu,” sade han. ”Vi behöver samla tankarna.”

De satte sig vid ett bord i matsalen och lade fram alla fynd de gjort. Linnea och Erik anslöt sig, och de gick igenom varje detalj noggrant. Linnea visade upp sina anteckningar och pekade på en gammal sägen hon hittat, som nämnde en grupp som kallade sig ”Ljusets väktare”. Erik berättade om fler misstänkta transporter han sett genom åren, men aldrig tänkt mer på.

”Vi måste tillbaka,” sade Saga till slut. ”Den här platsen är nyckeln till allt.”

Thorne nickade, men hans blick var mörk. ”Nästa gång tar vi med oss förstärkning. Vi går inte dit ensamma igen.”

Kapitel 18

Saga satt på trappsteget utanför värdshuset och blickade ut över den dimmiga dalen. Solen hade precis börjat bryta igenom molnen, men morgonluften var fortfarande kall och fuktig. Hon drog jackan tätare omkring sig och tog en klunk av sitt kaffe. Inombords kände hon en blandning av rastlöshet och frustration – frustrerad över att ledtrådarna hela tiden tycktes glida ur deras händer, och rastlös över tanken på vad Magnus egentligen hade lämnat efter sig.

Bakom henne hördes dörren till värdshuset slå igen. Hon vände sig om och såg Thorne komma ut, hans ansikte märkt av en natt utan ordentlig sömn. Han nickade mot henne och höll upp en termos. "Påfyllning?"

Saga skakade på huvudet. "Jag är redo att gå. Vad är planen?"

Thorne satte sig bredvid henne och hällde upp kaffe till sig själv. "Vi börjar med Magnus stuga. Det känns som att vi missat något. Om han var inblandad i något – vare sig han ville eller inte – borde det finnas tecken där."

Saga nickade och försökte ignorera den gnagande känslan i magen. Hon visste att Magnus betydde mycket för Thorne, även om han inte sagt det rakt ut. Men frågan var, hur mycket visste Thorne egentligen om Magnus?

Magnus stuga låg ensligt på en sluttning vid skåran, med utsikt över dalen nedanför. Den lilla träbyggnaden såg övergiven ut, med en tunn hinna av damm på fönstren och löv som samlats på verandan. Thorne öppnade dörren med en bestämd rörelse, och den gnisslade högt, som om den protesterade mot inkräktare.

Saga följde honom in och kände direkt lukten av instängd luft och fuktigt trä. Stugan var sparsamt möblerad, med en säng, ett skrivbord och en liten bokhylla fylld med slitna böcker. På skrivbordet låg fortfarande några av Magnus papper kvar, som om han lämnat dem där i all hast.

Thorne började metodiskt gå igenom skrivbordslådorna medan Saga undersökte hyllorna. Det var mest gamla romaner och kartor över fjällen, men i ett hörn hittade hon en liten låda som fångade hennes uppmärksamhet. Hon öppnade den försiktigt och såg en bunt papper – kvitton, anteckningar och något som såg ut som ett handritat schema.

"Thorne," kallade hon. "Kolla här."

Han kom fram och granskade pappren med rynkad panna. Ett av kvittona var daterat bara några dagar innan Magnus försvann, och det visade ett inköp av märkliga föremål: batterier, kablar och något som kallades "ljusmoduler".

"Det här ser inte ut som saker en vanlig vandrare köper," mumlade Thorne.

Saga nickade. "Och det här schemat – det ser ut som en koppling till en elektrisk krets. Tror du han byggde något?"

Thorne stirrade på schemat och försökte pussla ihop ledtrådarna i sitt huvud. "Om han gjorde det, så måste det finnas fler spår. Kanske försökte han kopiera deras teknik."

De återvände till värdshuset senare på förmiddagen för att samla sina tankar. Medan Thorne gick igenom fynden satt Saga i matsalen och lyssnade på samtalen runtomkring. Byborna var försiktiga med vad de sa när hon var i närheten, men ibland kunde hon snappa upp användbar information.

En äldre kvinna, som hon kände igen som Rune Anderssons granne, började prata lågt med värdshusvärden Karin.

"Jag såg Magnus där uppe flera gånger," sade kvinnan. "Han brukade prata med... ja, du vet vem. Det såg aldrig helt rätt ut."

Saga lutade sig framåt och låtsades inte lyssna, men hennes hjärta slog snabbare. Vem pratade de om? Hon bestämde sig för att fråga Thorne senare, men först skulle hon försöka få mer information från kvinnan.

När kvinnan reste sig för att gå, följde Saga henne ut på verandan. "Ursäkta," sade hon. "Jag råkade höra vad du sa om Magnus. Kan du berätta lite mer?"

Kvinnan såg först skeptisk ut men suckade sedan och skakade på huvudet. "Jag vet inte mycket. Bara att han träffade folk som jag aldrig sett förut. De kom sent på kvällen ibland. Och en gång hörde jag dem prata om skåran. Som om det var något viktigt där."

Saga berättade allt för Thorne när hon kom tillbaka, och hans reaktion var precis som hon väntat sig – en blandning av ilska och oro.

"Om Magnus hade något att göra med det här, varför sa han inget?" muttrade Thorne. "Han kunde ha berättat för mig. Vi var nära. Jag hade hjälpt honom."

Saga lade en hand på hans arm. "Kanske försökte han skydda dig. Eller kanske skämdes han."

Thorne mötte hennes blick, och för första gången såg Saga något sårbart bakom hans hårda fasad. "Jag måste veta sanningen," sade han lågt.

Mot slutet av dagen bestämde de sig för att återvända till platsen nära skåran som kvinnan nämnt. När de kom fram började Saga leta efter spår, och det dröjde inte länge innan hon hittade något.

Under en hög med stenar låg en liten metalllåda, gömd men inte tillräckligt väl för att undgå hennes blick. Hon öppnade den och fann en gammal inspelningsenhet. När hon tryckte på play hördes Magnus röst, svag men tydlig.

"Jag vet inte hur jag hamnade här," sade han. "De lovade att det skulle vara en enkel affär, men nu... nu vet jag för mycket. Om någon hittar det här, ber jag er – gör det rätta."

Saga såg på Thorne, och han stirrade tillbaka på henne. Deras misstankar hade just blivit mycket mer komplicerade.

Kapitel 19

"Fan, det här går ju åt helvete," muttrade Thorne och slog handen i bordet så hårt att kaffekoppen klirrade. Saga, som satt mitt emot honom i matsalen på värdshuset, tittade upp från sina anteckningar med ett höjt ögonbryn.

"Vad exakt menar du?" frågade hon lugnt, även om hans utbrott inte direkt förvånade henne. Hon hade börjat vänja sig vid hans korta stubin.

"Allt!" svarade han och gjorde en svepande gest över bordet, där deras fynd låg utspridda: Magnus kvitton, den täljde figuren, anteckningarna från stugan, och nu inspelningsenheten. "Vi har småbitar av ett jävla pussel, men inte en enda bild av vad det föreställer."

Saga lutade sig tillbaka och korsade armarna. "Och att skrika hjälper hur, exakt?"

Thorne blängde på henne, men hon mötte hans blick utan att blinka. Hon började inse att hans butterhet och ilska ofta dolde något annat – frustration över att inte ha kontroll. Och kanske något mer.

"Vi måste tillbaka till skåran," sade han till slut. "Och vi måste prata med den där kvinnan igen. Hon vet mer än hon säger."

Saga nickade, men hon tvekade en sekund. "Tror du hon verkligen håller tillbaka något, eller är det bara din paranoia som pratar?"

"Paranoia har hållit mig vid liv i trettio år, Saga," svarade han torrt. "Så ja, jag litar på den."

De gav sig av efter lunch, med en känsla av att tiden höll på att rinna ut. Dagen hade klarnat, men vinden hade blivit starkare, och moln började samlas över fjällen. Stigen mot skåran kändes längre än tidigare, kanske för att båda var djupt försjunkna i sina egna tankar.

Thorne gick tyst, hans steg tunga och hans blick fäst långt fram. Saga ville fråga vad som rörde sig i hans huvud, men hon visste att han skulle slå ifrån sig med en svordom eller en cynisk kommentar. Istället koncentrerade hon sig på omgivningarna, på jakt efter något som kunde sticka ut.

När de nådde gläntan kände Saga genast att något var annorlunda. Marken var mer uppriven än tidigare, som om någon hade varit där och letat efter något.

"Det var inte så här när vi var här sist," sade hon och pekade på de djupa spåren i jorden.

Thorne gick ner på huk och undersökte dem noga. "Stövlar," sade han. "Stora. Två personer, kanske tre. Och de var här nyligen."

Saga kände hur håren reste sig på hennes armar. "Tror du de visste att vi skulle komma hit?"

"Antingen det, eller så letar de också efter något," svarade Thorne och reste sig. "Vi borde..." Han hann inte avsluta meningen innan han hörde ett knak bakom sig.

Saga vände sig om, men det enda hon såg var skogens täta grenar som rörde sig i vinden.

"Jag tror inte vi är ensamma," sade hon lågt.

De stannade inte länge i gläntan. Thorne beslutade att det var för riskabelt, särskilt med tanke på spåren de hittat. På vägen tillbaka till byn kände Saga en växande oro. Hon kunde inte släppa tanken på att någon kanske hade sett dem – kanske följt dem.

När de kom tillbaka till värdshuset möttes de av Karin, som såg ovanligt spänd ut. "Ni har haft besök," sade hon kort.

"Vad menar du?" frågade Thorne, hans röst hård.

"Jag gick förbi era rum tidigare och såg att dörren till ditt rum stod på glänt," sade Karin och såg på honom med en blandning av oro och ilska. "Någon hade varit där inne. Jag vågade inte röra något."

Thorne svor lågt och skyndade uppför trappan med Saga hack i häl. När de kom fram såg de genast att rummet var i oordning. Sängen var omkastad, lådorna utdragna och deras anteckningar låg utspridda på golvet.

"Helvete," muttrade Thorne och började samla ihop sina saker. "De letade efter något."

"Frågan är vad," sade Saga och plockade upp ett papper från golvet. Det var en karta över fjällen, med vissa områden markerade – bland annat skåran. "Tror du de hittade det de ville ha?"

"Om de gjorde det, är vi redan ett steg efter," sade Thorne bistert.

Senare samma kväll satt de vid ett avskilt bord i matsalen och gick igenom vad som hade hänt. Thorne var tystare än vanligt, och Saga visste att han funderade på deras nästa drag.

"Den gamla kvinnan," sade han plötsligt. "Vi måste prata med henne igen."

"Du tror verkligen att hon vet mer?" frågade Saga.

"Folk pratar alltid mindre än vad de vet," svarade han. "Och om Magnus träffade folk där uppe, kan hon ha sett något som hon inte inser är viktigt."

De lämnade värdshuset tidigt nästa morgon och sökte upp kvinnan. Hon var motvillig att prata, men efter en lång stund erkände hon att hon sett en bil köra upp mot skåran flera gånger innan Magnus försvann.

"De hade stora lådor med sig," sade hon. "Som om de transporterade något. Jag såg Magnus prata med dem en gång. Han såg inte glad ut."

Thorne och Saga utbytte en snabb blick. Det här var mer än de förväntat sig.

När de gick tillbaka genom byn kunde Saga känna hur Thornes humör försämrades. Han sparkade till en sten och muttrade något ohörbart.

"Vad är det nu?" frågade hon, en aning irriterat.

"Det här jävla fallet," svarade han. "Det är som att vi springer i cirklar. För varje svar vi får, dyker det upp tio nya frågor."

"Det är så det funkar, Thorne," sade Saga. "Du borde veta det vid det här laget."

Han stannade och såg på henne, och till hennes förvåning såg han inte arg ut, bara trött. "Jag vet," sade han. "Men det känns som om vi är en dag bort från att bli nästa offer."

Saga tystnade. Hon visste att han hade rätt, och det gjorde hennes egen oro ännu större.

Kapitel 20

Saga blundade och drog in den kalla, krispiga luften genom näsan. Dagen hade börjat med en klar himmel, men nu, några timmar senare, hade molnen börjat dra in över fjälltopparna. Det låg något olycksbådande i den tunga himlen, som om fjällen själva visste vad som pågick och försökte dölja det från världen.

Thorne stod några meter bort, lutad mot sitt bilhuvud, och pratade i telefon. Hans röst, låg och arg, studsade mellan träden. Saga kunde inte höra orden men kände igen tonen. Hon hade hört den tillräckligt många gånger för att veta att något inte gick som han ville.

Han avslutade samtalet med en svordom och stoppade telefonen i fickan. När han gick tillbaka till henne skakade han på huvudet.

"Polisen i Östersund kan inte skicka någon mer personal," sade han kort. "De har inte resurser. Och tydligen är ett försvinnande inte tillräckligt för att prioritera."

Saga nickade långsamt. "Så det är bara vi."

Thorne såg på henne med en blick som var svår att läsa. "Vi och de som har modet att hjälpa."

De hade samlat en handfull personer på värdshuset – Rune Andersson, Karin, Erik från byn, och ett par andra som Saga inte hunnit lära sig namnen på. Alla satt runt ett stort bord i matsalen och såg lika skeptiska som nervösa ut.

Thorne stod vid bordets kortända, hans armar korsade över bröstet. Han såg på var och en av dem innan han började tala.

"Vi vet att Magnus Fjellman är försvunnen. Vi vet också att något mörkt pågår här i området – något som ingen av oss helt förstår. Men vi har hittat tillräckligt med spår för att tro att hans försvinnande inte var en olycka. Och vi behöver er hjälp."

Rune var den första att tala. "Hjälp med vad, exakt?"

Thorne höjde ögonbrynen, och Saga kunde nästan höra honom bita ihop för att inte säga något sarkastiskt. "Vi behöver organisera en skallgång," sade han. "Fokusera på området runt skåran och vägen upp till Drommens topp. Om någon har sett något, hör något, så är det nu ni säger det."

En äldre man i hörnet av rummet rörde på sig och muttrade: "Det är farligt där uppe. Särskilt om det är nåt folk vill hålla hemligt."

"Ja," svarade Thorne torrt. "Det är farligt. Och om ni inte hjälper oss, blir det ännu farligare."

Saga lade en hand på Thorne för att lugna honom och tog över. "Vi förstår att det är mycket att be om, men det handlar inte bara om Magnus längre. Det handlar om vad som pågår här – i er by, på era fjäll. Om vi inte gör något nu, vem vet vad som händer härnäst?"

Det blev tyst i rummet, och till slut nickade Rune. "Jag hjälper till. Men bara för att det är Magnus."

De andra följde motvilligt efter, en efter en.

Saga och Thorne hade precis börjat dela ut kartor och planera rutten när ett rop hördes från baksidan av värdshuset. De skyndade sig ut och hittade Erik stående bredvid en liten transportbil.

"Det är något fel på kommunikations-utrustningen," sade han. "Jag försökte sätta igång den, men den bara sprakade och dog."

Thorne gick fram och lutade sig in i bilen. Han undersökte utrustningen med en rynkad panna och svor lågt.

"Det här är inte ett jävla misstag," sade han och höll upp några avklippta kablar. "Någon har saboterat det här."

Saga kände hur hennes mage knöt sig. "Någon vill inte att vi ska hitta Magnus," sade hon.

"Nej," svarade Thorne och kastade kablarna åt sidan. "Och de blir allt mer desperata."

Trots sabotaget lyckades de få igång en improviserad kommunikationskedja med hjälp av mobiltelefoner och radios som fortfarande fungerade. De delade upp sig i grupper och började genomsöka området.

Saga och Thorne tog stigen mot skåran, och trots att de gått där tidigare kändes det annorlunda nu. Det var som om luften var tyngre, varje ljud skar genom tystnaden som ett hot.

"Ser du det där?" viskade Saga och pekade framåt.

Thorne stannade och följde hennes blick. På en avsats några meter framför dem låg något som såg ut som en gammal säck. När de kom närmare insåg de att det inte var en säck – det var en jacka.

"Det är Magnus," sade Saga tyst.

Thorne gick fram och plockade upp jackan. Den var täckt av lera och hade revor längs ärmarna, som om den släpats över stenig mark.

"Han var här," sade Thorne, hans röst låg. "Men varför lämnade han den?"

Saga såg sig omkring, hennes hjärta slog snabbt. "Det betyder att vi är nära. Eller att någon vill få oss att tro det."

När de kom tillbaka till värdshuset var stämningen tryckt. Saga märkte att Thorne var tystare än vanligt, och till slut kunde hon inte hålla tyst längre.

"Vad är det?" frågade hon. "Du har varit på dåligt humör hela dagen, men det här är värre än vanligt."

Thorne såg på henne och suckade. "Det här fallet. Det är som... som att det äter sig in i huvudet på mig. Jag har varit med om skit tidigare, men det här? Det känns personligt."

Saga lade en hand på hans arm. "Det är för att det är personligt. Emma, Magnus – det är människor vi känner. Det är inte konstigt att det känns annorlunda."

Han nickade långsamt. "Kanske. Men det gör det inte lättare."

Saga log svagt. "Nej. Men det är därför vi gör det här. För dem."

Kapitel 21

Saga svepte med blicken över den lilla gruppen av människor som fortfarande satt kvar i värdshusets matsal. Det var sent på kvällen, och de flesta hade gått hem efter mötet. Rune Andersson satt kvar vid bordet, men han hade slutat prata och stirrade ner i sin kopp. Karin gick runt och plockade undan glas och tallrikar, men hennes rörelser var långsammare än vanligt.

Saga kunde känna att något var fel. En tryckt stämning hade lagt sig över rummet, som om alla väntade på att något skulle explodera. Hon såg på Thorne, som satt mittemot henne och ritade små cirklar på en karta över fjället.

"Tror du det var Magnus jacka vi hittade?" frågade hon, även om hon redan visste svaret.

Thorne nickade utan att titta upp. "Det var hans. Ingen tvekan."

Saga tvekade innan hon ställde nästa fråga. "Vad betyder det då? Att han är död? Att han övergav den?"

Thorne lade ifrån sig pennan och såg på henne med en blick som var lika trött som arg. "Det betyder att vi fortfarande inte har en jävla aning om vad som pågår."

De bestämde sig för att avsluta för kvällen och återvända till sina rum. Men precis när Saga skulle gå uppför trappan kände hon en hand på sin arm. Hon vände sig om och såg Rune stå där, hans blick nervös och flackande.

"Jag behöver prata med dig," sade han lågt. "Utanför."

Saga kastade en blick mot Thorne, men han hade redan försvunnit in i sitt rum. Hon nickade åt Rune och följde honom ut i den kyliga natten. Vinden hade mojnat, men luften var fuktig och fylld med lukten av regn.

Rune såg sig omkring som om han förväntade sig att någon skulle hoppa fram från skuggorna. "Jag har tänkt på något," började han. "Något som inte verkade viktigt då, men som kanske är det nu."

Saga korsade armarna och väntade. Rune var inte en person som slösade med orden, men han hade en tendens att linda in saker.

"Jag såg Magnus med någon den kvällen han försvann," sade Rune till slut. "Jag var ute med hunden och såg honom vid vägen nära skåran. Det var en bil där, svart, utan registreringsskyltar."

Saga rynkade pannan. "Varför nämnde du inte det tidigare?"

Rune skruvade på sig. "Det kändes... farligt. Som om jag inte borde lägga mig i."

"Vad såg du mer?" frågade hon.

Rune skakade på huvudet. "Inget mer. Men det var något med mannen han pratade med. Han såg ut att höra hemma här, men jag har aldrig sett honom förut."

Nästa morgon vaknade Saga av ljudet av röster utanför värdshuset. Hon drog snabbt på sig kläderna och gick ut för att se vad som pågick. Karin stod vid sin bil och pratade med Thorne, som såg ännu argare ut än vanligt.

"Vad har hänt?" frågade Saga och gick fram till dem.

Karin pekade mot bilen. "Någon har förstört däcken. Alla fyra."

Saga böjde sig ner och såg att däcken var genomborrade med något vasst, kanske en kniv. "Det här var inget slumpmässigt dåd," sade hon. "Någon vill inte att vi ska åka någonstans."

"Det är mer än så," sade Thorne. "De vill skicka ett meddelande. Och jag gillar inte att vara mottagaren."

Trots sabotaget lyckades de få igång en improviserad kommunikationskedja med hjälp av mobiltelefoner och radios som fortfarande fungerade. De delade upp sig i grupper och började genomsöka området.

Saga och Thorne tog stigen mot skåran, och trots att de gått där tidigare kändes det annorlunda nu. Det var som om luften var tyngre, varje ljud skar genom tystnaden som ett hot.

"Ser du det där?" viskade Saga och pekade framåt.

Thorne stannade och följde hennes blick. På en avsats några meter framför dem låg något som såg ut som en gammal säck. När de kom närmare insåg de att det inte var en säck – det var en jacka.

"Det är Magnus," sade Saga tyst.

Thorne gick fram och plockade upp jackan. Den var täckt av lera och hade revor längs ärmarna, som om den släpats över stenig mark.

"Han var här," sade Thorne, hans röst låg. "Men varför lämnade han den?"

Saga såg sig omkring, hennes hjärta slog snabbt. "Det betyder att vi är nära. Eller att någon vill få oss att tro det."

När de återvände till värdshuset satt Karin vid ett av borden och såg blek ut. "Det kom någon hit medan ni var borta," sade hon. "Han frågade efter er."

Thorne stelnade till. "Vem?"

"Han sade att han hette Anders," sade Karin. "Men jag känner ingen Anders här i byn."

Saga och Thorne utbytte en blick. "Hur såg han ut?" frågade Saga.

Karin beskrev mannen som Rune sett – mörkt hår, skägg, och klädd som om han hörde hemma på fjället. "Han verkade veta mycket om er," tillade hon. "Mer än han borde."

Thorne knöt händerna. "De vet att vi är nära. Och de försöker skrämma oss."

På kvällen satt Saga och Thorne i matsalen och gick igenom sina fynd. Nyckeln låg på bordet mellan dem, en påminnelse om att de fortfarande hade fler frågor än svar.

"Vi måste ta reda på var den här nyckeln hör hemma," sade Saga. "Det är vår bästa ledtråd just nu."

Thorne nickade, men han såg trött ut. "Vi måste också ta reda på vem Anders är. Och varför han är så jävla intresserad av oss."

Saga lade en hand på hans arm. "Vi kommer att lösa det här. En bit i taget."

Thorne såg på henne och log svagt. "Ja. En jävla bit i taget."

Kapitel 22

Saga hade inte varit på fjället så sent på kvällen förut. Mörkret lade sig snabbt, som om skymningen var mer otålig här än någon annanstans. Hon justerade ficklampan på sin jacka och kände det lätta skrapandet av grus under sina kängor. Thorne gick framför henne, tyst och sammanbiten. Hans breda axlar verkade ännu tyngre i det svaga ljuset.

"Jag vet att du inte vill höra det," sade hon efter en stunds tystnad, "men vi måste börja tänka på vad som händer om vi inte hittar honom."

Thorne stannade och vände sig om, ficklampskenet bländade henne kort. "Sluta prata som om vi har gett upp, Saga. Det är inte över förrän det är över."

Hans röst var hård, men hon kunde höra sprickan i den. Det var inte ilska. Det var rädsla.

De hade fått tips från Karin om en plats som Magnus ofta besökte – en gammal grotta på baksidan av fjället. Det var en plats som bara de lokala kände till, men ingen verkade vilja prata om varför Magnus hade varit där.

"Vad tror du att vi hittar?" frågade Saga medan de klättrade uppför den steniga stigen.

Thorne skakade på huvudet. "Jag har lärt mig att inte ha förväntningar i det här jobbet. Det är alltid värre än du tror."

När de nådde grottans ingång märkte Saga genast att något inte stämde. Marken var uppriven, och det låg rester av något som såg ut som bränt papper utspritt.

"De har varit här," sade Thorne och lyfte upp en bit av papperet. "De försöker täcka sina spår."

Saga gick längre in i grottan och lyste runt med ficklampan. Väggarna var fuktiga och täckta av mossa, men längre in såg hon något som fick hennes hjärta att stanna.

"Thorne," viskade hon.

Han kom fram till henne och följde hennes blick. På en hylla längst in i grottan låg en liten metalllåda. Saga tog ett djupt andetag och gick fram för att öppna den.

Inuti låg en bunt fotografier, ihopvikta papper och ett anteckningsblock. Hon bläddrade försiktigt igenom fotografierna och kände hur blodet rusade i öronen. Det var bilder på Magnus – tillsammans med andra människor. Män och kvinnor som såg välklädda och självsäkra ut. Men det var något med deras blickar som fick henne att rysa.

De hade precis börjat gå tillbaka när de hörde ljudet. Först svagt, som vinden som lekte med träden. Sedan tydligare – fotsteg.

"Vi är inte ensamma," sade Thorne lågt och stannade.

Saga kände hur pulsen ökade. Hon lyste med ficklampan runt omkring sig, men skuggorna verkade röra sig med ljuset.

"Fortsätt gå," sade Thorne. "Låtsas som ingenting."

De började gå igen, men fotstegen följde dem. När de kom ut på den öppna stigen vände sig Thorne plötsligt om och drog sitt vapen.

"Visa dig!" ropade han.

Först var det bara tystnad. Sedan trädde en figur fram ur skuggorna. Det var en man, klädd i mörka kläder med huvan uppdragen. Han stannade några meter bort och höjde händerna.

"Vi vill bara prata," sade han.

"Vi?" frågade Thorne och höjde vapnet ytterligare.

Flera andra personer trädde fram ur mörkret, alla klädda på samma sätt. Saga räknade snabbt – fem, kanske sex.

"Vad vill ni?" frågade hon, försökte hålla rösten stadig.

Mannen log, men det nådde inte hans ögon. "Vi vill att ni slutar gräva. Det här är större än ni kan förstå."

Konfrontationen avbröts när ett högt ljud ekade genom luften – en motor, avlägsen men närmande. Alla vände sig om samtidigt. Saga kunde se ljus från strålkastare röra sig över fjällvägen.

"Vi ska gå nu," sade mannen och nickade mot sina följeslagare. "Men det här är er sista varning."

Thorne följde dem med blicken tills de försvann, men hans hand låg fortfarande på vapnet. Saga lade en hand på hans arm.

"Vi måste gå tillbaka. Och vi måste ta det här till polisen."

"Polisen kommer inte att göra ett skit," muttrade Thorne. "Det här är vår röra att städa upp."

När de kom tillbaka till värdshuset var Saga fylld av både ilska och rädsla. Hon ville skrika på Thorne för hans envishet, men hon visste att det inte skulle hjälpa. Istället satte hon sig vid bordet och började gå igenom fynden från grottan.

"Vi måste vara smarta," sade hon till slut. "Om vi ska ta ner dem behöver vi mer än det här. Vi behöver något som binder dem direkt till Magnus."

Thorne lutade sig tillbaka i stolen och suckade djupt. "Och vad gör vi om vi inte hittar det? Vad gör vi om det här bara leder till fler jävla frågor?"

Saga mötte hans blick. "Då fortsätter vi leta. För Magnus. För Emma."

Thorne sade inget, men hon kunde se att hennes ord träffade något inom honom.

Kapitel 23

Det lilla rummet var fyllt av en tryckande tystnad, avbruten endast av det låga surrandet från en fläkt i hörnet. Mannen satt lutad över bordet, hans ansikte i skuggor. Framför honom låg långa rader av papper, kartor och fotografier – spår som de hade försökt dölja i flera år.

"De har lådan," sade han till slut, hans röst sträv som om orden sved i halsen.

Kvinnan mittemot honom drog ett djupt bloss på sin cigarett och lutade sig bakåt i stolen. "Jag vet," svarade hon kallt. "Vi såg dem lämna grottan. De tog allt."

Mannen reste sig upp och gick fram till fönstret. Utanför låg fjällens silhuetter mörka och hotfulla mot den molntunga natthimlen. "Vi gjorde ett misstag," sade han. "Vi underskattade dem."

"Misslyckande är ett starkt ord," sade kvinnan och blåste ut en rökvirvel. "De kanske tror att de har något, men det betyder inte att de förstår vad de har."

Mannen vände sig om, hans ögon smala och hårda. "Om de inte redan vet, kommer de snart att göra det. Det där jävla blocket i lådan – det är tillräckligt för att sätta oss alla i skiten."

Hon ryckte på axlarna, men det var något i hennes hållning som avslöjade en inre oro. "De är bara två. Och det är en lång väg från att ha ledtrådar till att faktiskt göra något med dem."

"De är inte bara två," morrade mannen. "Thorne är som en hund som vägrar släppa taget, och kvinnan – hon är smart. Hon har ögon för detaljer."

De satt tysta en stund, bara fläktens surr fyllde rummet. Till slut reste sig kvinnan och släckte cigaretten i en askkopp fylld till bredden.

"Vi har kommit till den punkt där subtilitet inte längre är ett alternativ," sade hon.

Mannen såg på henne med en blandning av oro och beslutsamhet. "Du menar..."

"Ja," avbröt hon. "Det är dags att eliminera hotet. Om de tar sig längre än de redan har gjort, riskerar vi att allt vi byggt upp faller sönder."

Han lutade sig tillbaka och gnuggade sig i tinningarna. "Det här är inte vad vi ville."

"Men det är vad som krävs," sade hon kallt. "Och om du inte kan se det, borde du inte vara här."

Ett knackande på dörren bröt deras tystnad. En tredje person steg in, klädd i mörka kläder som smälte in i rummets skuggor. Hans ansikte var lika hårt som hans röst.

"De är tillbaka i byn," sade han. "Och de vet mer än vi hoppades. De har redan börjat gå igenom materialet från lådan."

Kvinnan höjde ett ögonbryn. "Har de fått hjälp?"

"Nej," svarade mannen kort. "Men det är bara en tidsfråga innan de tar kontakt med någon som kan sätta ihop pusselbitarna."

"Vi behöver agera nu," sade hon och kastade en blick mot mannen vid bordet. "Ingen tid att tveka längre."

"Vad föreslår du?" frågade den nyanlände.

Hennes leende var kallt och beräknande. "Vi möter dem på deras hemmaplan. Gör det personligt. Låt dem veta att de inte är säkra någonstans."

Senare samma natt satt mannen från bordet ensam kvar i rummet. Han stirrade på fotografierna som Saga och Thorne hade tagit från lådan. En av dem visade Magnus tillsammans med en grupp män och kvinnor. Alla log mot kameran, men deras ögon var tomma, som om de inte riktigt hörde hemma i bilden.

Han tog upp ett av fotografierna och höll det mot ljuset. Magnus stod bredvid en annan man, deras axlar snuddade vid varandra. Det var något bekant med mannen, något som fick hans mage att knyta sig.

"Det borde aldrig ha kommit till det här," mumlade han. "Vi var försiktiga. Vi såg till att dölja allt."

Men ändå var de här nu, med två poliser som grävde upp det förflutna och väckte liv i något som borde ha förblivit begravt.

På vägen ner från grottan, tidigare samma dag, hade han sett dem. Thorne och Saga hade inte märkt det, men han hade stått där, gömd i skuggorna, och sett hur de kämpade sig nerför den branta stigen.

Han hade kunnat agera då, kunnat stoppa dem. Men något hade hållit honom tillbaka. Nu visste han att det hade varit ett misstag.

Han tog upp telefonen och skickade ett kort meddelande till kvinnan: "Vi gör det i natt. De ska inte hinna längre."

Kapitel 24

Saga vaknade med en känsla av obehag. Hon kunde inte placera det först, men det låg som en kall klump i magen när hon slog upp ögonen. Ljuset från gryningen smög sig försiktigt in genom fönstret, men rummet var tyst, för tyst.

Hon satte sig upp och såg sig omkring. Allt verkade som vanligt, men den kalla känslan i magen ville inte försvinna. Hennes blick föll på skrivbordet där de lämnat lådan från grottan kvällen innan. Men lådan var inte där.

"Thorne!" skrek hon och sprang mot dörren.

Han kom inrusande från sitt rum, barfota och med skjortan på halv stång. "Vad är det som händer?"

"Lådan," sade hon andfått. "Den är borta!"

Thorne svor och började gå igenom rummet. Han öppnade lådor, lyfte på täcken och till och med kikade ut genom fönstret, men lådan var ingenstans att hitta.

"Det här är omöjligt," sade han till slut och slog handen i väggen. "Hur fan kan den bara försvinna?"

Saga satte sig ner på sängen och höll huvudet i händerna. "Någon måste ha varit här medan vi sov."

"Det här är inte någon," muttrade Thorne. "Det här är dem. De visste att vi hade den, och de visste exakt när de skulle slå till."

De samlade sig snabbt och begav sig till värdshusets matsal. Karin mötte dem med en kopp kaffe och ett bekymrat uttryck.

"Vad har hänt?" frågade hon.

"Vi har haft inbrott," sade Saga kort. "Någon tog lådan vi hittade igår."

Karin bleknade. "Inbrott? Här? Jag såg eller hörde ingenting."

Thorne sneglade på Saga och knöt händerna. "Har ni någon övervakning här?"

"Nej," svarade Karin. "Det är en liten by. Vi har aldrig behövt det."

Thorne svor och drog handen genom håret. "Självklart."

Saga försökte hålla sig lugn. "Vi behöver prata med Rune igen. Han kanske såg något."

Rune satt vid sitt köksbord och drack te när de kom inrusande. Han såg förvånad ut men nickade åt dem att slå sig ner.

"Det hände något i natt," började Saga. "Vi hade en låda med viktiga bevis, men den blev stulen."

Rune skakade på huvudet. "Jag hörde inget ovanligt, men jag såg en bil köra förbi vid tre-tiden. Det är inte vanligt här ute så sent."

"Vad var det för bil?" frågade Thorne.

Rune skrynklade pannan. "En mörk SUV, tror jag. Jag hann inte se så mycket."

"Såklart," muttrade Thorne. "De håller sig alltid i skuggorna."

På väg tillbaka till värdshuset kände Saga hur rädslan började gnaga på hennes nerver. De hade alltid vetat att de var på djupt vatten, men det här kändes annorlunda.

"De vet var vi är," sade hon till Thorne. "Och de tvekar inte att slå till."

"Det är precis vad de vill," svarade han. "Att vi ska bli rädda och ge upp."

"Men vad händer om de går längre än så?" frågade hon tyst. "Vad händer om de inte bara vill skrämma oss längre?"

Thorne stannade och såg henne i ögonen. "Då ser vi till att de inte får chansen."

När de kom tillbaka till värdshuset låg ett brev på deras bord. Kuvertet var enkelt, utan avsändare. Saga öppnade det försiktigt medan Thorne stod bakom henne.

Inuti låg en enda mening, skriven med en gammal skrivmaskin:
"Ni är nästa."

Thorne slog ner knytnäven i bordet så hårt att brevet flög ner på golvet. "Det här går inte längre," sade han. "Vi måste slå tillbaka."

Saga plockade upp brevet och stirrade på orden. Det var en del av henne som ville krypa ihop och ge upp, men en annan del som vägrade låta sig skrämmas.

"Så vad gör vi nu?" frågade hon.

Thorne vände sig om och började packa sin väska. "Vi hittar dem. Och vi ser till att de aldrig kan göra det här mot någon annan igen."

Saga såg på honom med en blandning av beundran och rädsla. Hon visste att det här var deras sista chans. Om de inte stoppade dem nu skulle de aldrig få en ny möjlighet.

Kapitel 25

Karin stod vid fönstret i värdshusets kök och stirrade ut över fjället. Morgonsolen hade precis börjat klättra över horisonten, och det glittrade svagt i daggen på ängarna. Hon höll en kaffekopp i händerna, men kaffet hade redan blivit kallt.

Hennes tankar var splittrade. Hon hade sett mycket under sina år i byn, men inget som det här. Thorne och Saga hade kommit som ett oväntat slag i magen, och deras ihärdighet hade fått henne att känna en oro hon inte känt på många år.

En del av henne önskade att hon kunde hjälpa dem, verkligen hjälpa dem. Men hon visste att det var omöjligt. Det som låg under ytan här i byn, det som Magnus varit en del av, var för stort, för farligt.

Hennes blick föll på kaffebryggaren på diskbänken, och en skugga av ett leende spelade över hennes läppar. Det var så lätt att påverka människor när de litade på en.

Thorne och Saga satt vid bordet i matsalen med kartor och anteckningar utspridda framför sig. Thorne såg trött ut, som om han inte hade sovit en blund. Saga kände sig inte mycket bättre. Hon hade svårt att skaka av sig känslan av att de hela tiden låg steget efter.

"Vi måste börja om," sade Thorne och slog handen i bordet. "De har tagit lådan, och vi har inget kvar. Vi är tillbaka på ruta ett."

"Inte riktigt," svarade Saga och pekade på en av kartorna. "Vi har fortfarande spåren från grottan. Och Rune nämnde den där SUV:en. Om vi hittar bilen, kanske vi kan hitta dem."

Thorne suckade tungt och lutade sig tillbaka i stolen. "Det är en chansning. Men det är allt vi har."

Karin kom fram med en kaffekanna och fyllde deras koppar. "Ni ser slitna ut," sade hon med en ton av omtanke. "Ni måste ta hand om er."

Saga log svagt. "Tack, Karin. Vi försöker."

När Karin gått iväg lutade sig Saga fram mot Thorne. "Jag vet inte varför, men något känns fel med henne," viskade hon.

Thorne höjde ett ögonbryn. "Karin? Hon verkar harmlös."

"Det är det som är problemet," svarade Saga. "Hon är för... perfekt. Som om hon alltid vet exakt vad hon ska säga."

Thorne skakade på huvudet. "Vi har större problem än att fundera på värdshusvärden. Om vi inte hittar något konkret snart, är det över för oss."

Karin gick ut på verandan med sin telefon i handen. Hon såg sig omkring för att försäkra sig om att ingen tittade innan hon slog numret. Det tog bara två signaler innan någon svarade.

"De är fortfarande här," sade hon lågt. "Men de är utmattade och osäkra. Det är bara en tidsfråga."

Rösten på andra sidan var kylig. "Se till att det blir kortare än en tidsfråga. Vi behöver dem borta innan de hittar mer."

"Jag gör mitt bästa," svarade Karin. "Men de är smartare än jag trodde."

"Smarthet är irrelevant," svarade rösten. "Vi har kontrollen. Se bara till att de inte lämnar byn."

Karin avslutade samtalet och stoppade telefonen i fickan. Hon kände en kall ilning längs ryggen, men hon sköt undan den. Det fanns ingen väg tillbaka nu.

Saga och Thorne satt i bilen och följde vägen upp mot skåran igen. De visste att det var farligt, men de hade inget val. Om de inte kunde hitta ett nytt spår snart, skulle allt vara förlorat.

"Du vet att vi kanske inte kommer tillbaka," sade Saga plötsligt.

Thorne sneglade på henne och log snett. "Det här jobbet handlar aldrig om att komma tillbaka, Saga. Det handlar om att göra vad som behövs."

Hon nickade och såg ut genom fönstret. Fjället låg mörkt och tyst framför dem, som om det väntade på något.

När de kom fram till stigen parkerade de bilen och började gå. Luften var kall och klar, men Saga kunde inte skaka av sig känslan av att de var iakttagna.

När de nådde en glänta stannade Thorne plötsligt och höjde handen. "Hör du det där?"

Saga lyssnade, men allt hon kunde höra var vinden i träden. "Hör vad?"

Thorne svarade inte. Han tog fram sin pistol och gick långsamt framåt. Saga följde efter, hennes hjärta slog snabbt.

Plötsligt bröts tystnaden av ett skott. Thorne kastade sig åt sidan och ropade åt Saga att ta skydd. Hon hann precis slänga sig bakom en sten innan fler skott ekade genom skogen.

"Det är en fälla!" skrek Thorne.

Saga kände paniken växa, men hon tvingade sig att tänka klart. Hon såg sig omkring och försökte hitta varifrån skotten kom. Men allt hon såg var skuggor.

"Vi måste härifrån!" ropade hon.

"Vi måste hitta dem först!" svarade Thorne, hans röst fylld av ilska.

Men innan han hann ta ett steg till hördes ett nytt skott, och Thorne föll till marken.

Kapitel 26

Sagas hjärta slog hårt när hon tryckte sig mot marken. Luften runt henne var fylld av ljudet av avlägsna röster och fotsteg som knastrade över gruset. Mörkret hade sänkt sig, och skuggorna från träden verkade djupare än någonsin.

"Thorne," viskade hon lågt och vände sig mot honom. Han låg på marken bredvid henne, flämtande av smärta. Hans hand pressade hårt mot ett sår i sidan, och blodet mörknade redan tyget på hans jacka.

"Jag... är okej," mumlade han, men hans röst var skakig.

"Vi måste röra på oss," sade hon och försökte hålla paniken i schack. "De kommer tillbaka när som helst."

Saga hjälpte Thorne upp, och de började röra sig långsamt genom skogen. Hon kände adrenalinet pumpa i kroppen medan hon lyssnade efter ljuden av deras förföljare. Vinden bar med sig doften av fuktig jord och barr, men den kunde inte dölja lukten av blod som följde dem.

"Kan du gå snabbare?" frågade hon och stödde honom så gott hon kunde.

"Det är inte benen som är problemet," svarade Thorne genom sammanbitna tänder.

"Om vi inte hittar ett ställe att gömma oss på kommer det inte spela någon roll."

De fortsatte i tystnad tills de nådde en liten bäck som slingrade sig genom skogen. Saga såg sig omkring och pekade mot en tät buskage på andra sidan. "Där. Vi kan gömma oss där tills det blir säkrare."

När de nådde buskaget sjönk Thorne ner på marken, flämtande. Saga slet av sig sin jacka och tryckte den mot hans sår.

"Vi behöver något för att stoppa blödningen," sade hon och letade desperat i sin väska.

"Du borde inte ha stannat," mumlade han.

"Sluta prata," svarade hon. "Vi behöver dig vid liv."

Hon hittade till slut en bit tyg i sin väska och band den hårt runt hans midja som ett provisoriskt förband. Thorne grimaserade men sade inget.

"Det kommer hålla ett tag," sade hon och försökte låta mer självsäker än hon kände sig.

"Vi har inte tid att vänta," sade han efter en stunds tystnad. "De är fortfarande där ute, och vi är fast här."

Saga lutade sig tillbaka mot en trädstam och försökte samla sina tankar. "Vi måste hitta var de håller till," sade hon. "Det är enda sättet att få ett slut på det här."

Thorne nickade långsamt. "De håller på med något stort. Det är därför de är så desperata att stoppa oss. Vi behöver bara veta vad."

Saga tänkte på lådan som hade blivit stulen och på alla ledtrådar som de aldrig hann gå igenom. "Det måste finnas en central plats där de har allt," sade hon. "Ett ställe där de samlas. Det är där vi hittar svaren."

"Skåran," mumlade Thorne.

Saga såg på honom. "Tror du det?"

"De är besatta av den," svarade han. "Alla spår leder dit."

Morgonen grydde långsamt, och Saga hjälpte Thorne upp igen. De hade vilat i några timmar, men hon visste att det inte fanns tid att förlora.

Stigen upp mot Drommenskåran var brant och svår att följa. Thorne kämpade sig fram trots smärtan, och Saga kunde inte låta bli att beundra hans envishet.

"Du borde inte vara här," sade hon när de närmade sig skåran.

"Du heller," svarade han med ett snett leende.

När de kom fram till kanten av skåran stannade de och såg ner i djupet. Klipporna reste sig som väggar runt dem, och vinden visslade genom den smala passagen. Det var en plats som kändes både vacker och farlig på samma gång.

De började röra sig genom skåran, men Saga kunde inte skaka av sig känslan av att de inte var ensamma. Hon såg sig omkring och försökte ignorera rädslan som växte i bröstet.

"Ser du något?" frågade Thorne lågt.

"Inte än," svarade hon, men hon visste att det bara var en tidsfråga.

Plötsligt hördes ett ljud bakom dem – fotsteg som ekade mot klippväggarna. Saga stelnade till och drog sitt vapen.

"Vi är inte ensamma," viskade hon.

Thorne nickade och höjde sitt eget vapen, trots att hans händer skakade av smärta.

Skuggorna rörde sig längre fram i skåran, och Saga kände hur pulsen ökade. "De väntar på oss," sade hon.

"Bra," svarade Thorne. "Låt oss avsluta det här."

Kapitel 27

Saga tog ett djupt andetag och kände hur den kalla fjälluften brände i lungorna. Solen började sakta försvinna bakom Drommens topp, och skuggorna från de höga klippväggarna lade sig som en kvävande mantel över skåran.

"Vi måste hålla oss nära klippväggen," viskade hon till Thorne och pekade mot den smala stigen som slingrade sig fram genom skåran.

Thorne nickade tyst. Hans ansikte var blekt, och hon kunde se att han kämpade för varje steg. Men han sa inget om smärtan som måste riva i hans sida.

"Om det här är deras plats," fortsatte hon, "då är vi sårbara här. De har övertaget."

Thorne drog fram sitt vapen och sneglade på henne. "Då får vi se till att de förlorar det."

De tog sig längre in i skåran, omgivna av höga klippväggar som reflekterade varje ljud. Sagas hand vilade på hennes vapen, och hon kände hur hennes puls rusade varje gång ett löv prasslade eller en sten rullade ner från sluttningen.

"Det här känns inte rätt," sade hon till slut.

Thorne stannade och såg sig omkring. "Det är för tyst," muttrade han.

Just då hördes ett ljud – en sten som föll från en hög klippavsats. De stelnade båda till och stirrade uppåt, men de kunde inte se något för skuggorna som kastades av den sjunkande solen.

Saga höjde rösten. "Vi vet att ni är här! Kom fram!"

Ett svagt ekande skratt nådde dem från skuggorna, kallt och hånfullt. "Ni borde ha vänt om," svarade en röst, låg och fylld av isande lugn.

Thorne tog ett steg framåt och pekade sitt vapen mot skuggorna. "Visa dig, fegis!"

Rösten svarade inte, men ljudet av flera fotsteg runt omkring dem avslöjade att de inte var ensamma.

"Vi måste röra på oss," sade Saga lågt och drog fram sitt eget vapen.

"Nej," svarade Thorne. "Vi stannar här. Vi låter dem komma till oss."

Saga såg på honom, och hennes blick fylldes av både frustration och oro. "Du är skadad, och vi är i underläge. Det här är självmord."

"Det här är vårt enda val," svarade han och mötte hennes blick. "De vill att vi springer. Om vi gör det är vi redan döda."

Saga tvekade, men till slut nickade hon. "Okej. Men om vi ska stanna här, då gör vi det på våra villkor."

De hittade en liten klippskreva som gav dem åtminstone något skydd och började förbereda sig. Saga kollade sin ammunition medan Thorne försökte samla sina krafter.

"Vad tror du de egentligen vill?" frågade hon tyst.

Thorne log svagt. "De vill att vi försvinner. Och om vi inte gör det kommer de att se till att vi gör det."

Skottet som ekade genom skåran kom utan förvarning. Saga kastade sig mot marken och hörde kulan vissla förbi henne. Hon såg Thorne pressa sig mot klippväggen och försöka få ett grepp om sitt vapen.

"De omringar oss," sade hon lågt.

"Bra," svarade Thorne. "Låt dem komma."

Det tog inte lång tid innan skuggorna började röra sig. Saga kunde se flera gestalter komma närmare, deras rörelser snabba och välkoordinerade.

Hon höjde sitt vapen och avfyrade ett skott. En av gestalterna föll, men det var omöjligt att se om hon träffade eller om det var ett avledande drag.

Thorne sköt också, men hans sår gjorde hans rörelser långsamma. Saga såg hur han grimaserade av smärta för varje skott han avfyrade.

"Vi måste ta oss ut härifrån," ropade hon.

"Vi är redan för långt inne," svarade han.

Mitt i kaoset såg Saga något som fick hennes hjärta att hoppa till. En öppning längre fram i skåran – en smal passage som verkade leda ut på andra sidan.

"Thorne!" ropade hon och pekade mot öppningen. "Om vi når dit kanske vi har en chans!"

Han såg på henne, hans ansikte blekt men beslutsamt. "Okej," sade han. "Men du springer först."

"Glöm det," svarade hon. "Vi gör det här tillsammans."

De började röra sig mot öppningen, men skotten fortsatte att vina runt dem. Saga kände hur adrenalinet pumpade i kroppen när de sprang genom skåran, deras fötter slog mot stenarna och varje andetag kändes som en kamp.

När de nådde öppningen vände Saga sig om för att hjälpa Thorne, men precis när han var på väg att ta sig igenom hördes ett högt skott, och han föll till marken.

"Thorne!" skrek Saga och kastade sig ner bredvid honom.

Han såg upp på henne, och hans ögon var fyllda av både smärta och en märklig frid. "Du måste fortsätta," viskade han.

"Jag lämnar dig inte," svarade hon, hennes röst bröts av gråt.

"Om du inte går nu, dör vi båda," sade han hårt.

Saga tvekade, men till slut reste hon sig upp. Hon såg sig omkring en sista gång innan hon började springa.

Skotten ekade fortfarande genom skåran, och hon kände hur varje steg blev tyngre och tyngre. Men hon visste att hon måste fortsätta – för Thorne, för Magnus, och för sanningen.

Kapitel 28

Saga sprang. Varje steg var en kamp mot smärtan i hennes ben och paniken som hotade att överväldiga henne. Skott ekade bakom henne, men hon vågade inte se sig om. Thorne var kvar där, och tanken på att han kanske inte längre levde brände i bröstet.

Passagen framför henne var smal och fylld av löst grus som hotade att få henne att tappa balansen. Men hon fortsatte framåt, driven av en enda tanke: att överleva. Att göra allt som stod i hennes makt för att avslöja vad som hade hänt Magnus och vad sammanslutningen försökte dölja.

När Saga till slut nådde ett öppnare område i fjällterrängen stannade hon för att hämta andan. Hon föll ner på knä och såg sig omkring. Fjället låg stilla och tyst, men det kändes inte som en trygghet. Det var som om hela landskapet höll andan, väntade på nästa drag.

Hon drog fram kartan ur sin jackficka och försökte orientera sig. Drommenskåran låg bakom henne, och framför henne reste sig Östfjällets massiva silhuett. Hon visste att hon inte kunde stanna här länge.

Hennes händer skakade när hon drog fram telefonen. Ingen täckning. Hon svor och lade tillbaka den.

"Vad fan gör jag nu?" viskade hon för sig själv.

När hon började röra sig igen såg hon något märkligt. Längs stigen låg små högar av sten, placerade med jämna mellanrum. De var för perfekta för att vara naturliga och verkade leda upp mot fjällets högre delar.

Saga tvekade. Det kunde vara en fälla, men det kunde också vara en ledtråd – något som Magnus hade lämnat efter sig.

Hon drog fram vapnet och började följa stenmarkeringarna. Hennes andning var tung, och varje ljud i skogen fick henne att stanna och lyssna. Men hon fortsatte framåt, driven av en envishet som hon inte visste att hon hade.

Efter vad som kändes som en evighet kom hon fram till en öppning i klippväggen. Det var en grotta, delvis dold av tät vegetation. Saga stannade och lyssnade. Allt var tyst.

Hon tog ett djupt andetag och klev in i mörkret. Grottan var trång, och luften var kall och fuktig. Hennes ficklampa kastade långa skuggor på väggarna, och hon kunde se märken som såg ut att vara ristade för hand.

Längre in hittade hon något som fick henne att stanna. På en klipphylla låg en hög med papper och fotografier. Hon tog upp dem och började bläddra igenom dem med skakande händer.

Det var bilder på Magnus, men också på andra människor. Hon kände igen några av dem från lådan i grottan tidigare – välklädda personer med tomma leenden. Men det fanns också något annat: en karta, markerad med symboler och koordinater.

"Vad är det här?" viskade hon och försökte ta in informationen.

När hon började lägga tillbaka pappren hörde hon ett ljud bakom sig. Hon stelnade till och vände sig om, men ficklampans ljus nådde inte långt i mörkret.

"Vem där?" ropade hon, men hennes röst skar sig.

Inget svar.

Hon backade långsamt mot grottans öppning, men innan hon hann nå utgången dök en gestalt upp ur mörkret. Personen var klädd i mörka kläder, och ansiktet var dolt av en mask.

"Du borde inte vara här," sade en låg röst.

Saga höjde vapnet, men innan hon hann avfyra ett skott hördes ett klick, och smärtan slog henne som en hammare. Hon föll till marken och kände hur blodet började sprida sig från hennes axel. Vapnet gled ur hennes hand.

"Det är slut nu," sade personen och tog ett steg närmare.

Saga kämpade för att hålla sig vaken. Smärtan gjorde det svårt att tänka klart, men hon visste att hon inte kunde ge upp. Hennes hand famlade efter något att använda som vapen, men allt hon hittade var en lös sten.

"Jag vet vad ni döljer," viskade hon, försökte hålla rösten stadig.

Personen stannade upp, och hon kunde känna blicken genom masken. "Det vet du inte," svarade rösten kallt. "Och du kommer aldrig få veta det."

Saga visste att hon inte hade mycket tid kvar. Hon samlade all sin kraft och kastade stenen mot personen. Det var inte en kraftfull träff, men det var tillräckligt för att skapa en öppning.

Hon kastade sig mot utgången, ignorerade smärtan och började springa igen. Hennes syn blev suddig, och hon kände hur världen började snurra. Men hon vägrade stanna.

Kapitel 29

Saga stapplade fram genom skogen. Blodet från hennes axel rann ner längs armen och gjorde fingrarna hala. Varje steg kändes som att vandra genom sirap, och hon kunde inte längre urskilja ljuden omkring sig. Allt smälte ihop – vinden, hennes andetag, ekot av hennes egna tankar.

Hon visste att hon inte kunde fortsätta mycket längre. Den okända personen i masken hade jagat henne ut ur grottan, och hon kunde känna deras närvaro bakom sig, som en skugga som vägrade släppa taget.

Plötsligt hördes ett skott. Det var inte riktat mot henne, men det ekade högt genom skogen och fick Saga att stanna till. Hon föll på knä, osäker på om det var hennes sista chans eller bara ännu ett steg mot hennes slut.

En röst bröt tystnaden. "Du rör dig inte en centimeter till."

Det var en röst hon kände igen. Erik.

Saga vände sig om och såg två gestalter kliva fram genom träden. Erik höll ett gevär riktat mot figuren i masken, och bredvid honom stod Bosse, lika beslutsam med sin bössa i händerna.

"Jag har jagat älg större än dig," sade Bosse med en röst som var lugn men laddad med ilska.

Den maskerade personen stannade, deras kroppsspåk avslöjade ett ögonblick av osäkerhet. Men istället för att ge upp höjde de sitt vapen.

"Erik!" ropade Saga, hennes röst svag men fylld av desperation.

Erik reagerade snabbt och avfyrade ett skott mot marken nära den maskerade personen. "Jag sa att du inte rör dig!"

Det var som om tiden stod stilla i några sekunder. Den maskerade personen tittade sig omkring, som om de letade efter en väg ut. Men innan de hann agera tog Bosse ett steg framåt.

"Jag kanske är pensionär," sade han, "men jag har fortfarande ett jäkla bra sikte."

Personen i masken sänkte sitt vapen långsamt, men precis när det såg ut som om de skulle ge upp drog de en kniv från sitt bälte och kastade den mot Erik.

Kniven missade, men det var tillräckligt för att skapa kaos. Erik sköt igen, denna gång för att träffa, och kulan slog personen bakåt. De föll till marken med ett tungt ljud, och skogen blev tyst igen.

Saga kände hur benen gav vika under henne, och hon föll mot marken. Erik och Bosse var snabbt vid hennes sida.

"Vi måste få henne härifrån," sade Erik, hans röst fylld av panik.

"Det finns en jaktstuga inte långt härifrån," sade Bosse. "Vi kan bära henne dit."

Saga försökte protestera, men hennes kropp lydde inte. Hon kände hur världen började bli suddig, och rösterna omkring henne blev till ett avlägset mummel.

"Du klarar det här, Saga," hörde hon Erik säga innan allt blev svart.

När Saga vaknade befann hon sig i en liten stuga. Ljuset från en öppen spis dansade över väggarna, och hon kände en varm filt omkring sig. Smärtan i axeln var fortfarande intensiv, men någon hade bandagerat såret.

Bosse satt vid bordet och rengjorde sitt gevär. Han såg upp när hon rörde sig. "Du är vaken," sade han med ett svagt leende.

"Vad hände?" frågade hon, hennes röst svag.

"Erik tog hand om den där galningen," svarade han. "Och vi fick dig hit innan du förlorade för mycket blod. Du hade tur."

"Thorne," sade hon plötsligt och försökte resa sig. "Vi måste tillbaka till skåran."

Bosse reste sig och lade en hand på hennes axel. "Lugna dig. Du är i ingen form att gå någonstans just nu."

Saga såg på honom, hennes ögon fyllda av både tårar och ilska. "Vi kan inte stanna. De kommer inte sluta förrän vi är döda."

Bosse mötte hennes blick och nickade långsamt. "Då får vi se till att de inte får chansen."

Erik kom in i stugan med en termos i handen. "Jag har kollat området. Ingen verkar ha följt oss, men vi kan inte vara säkra."

Saga tog ett djupt andetag och försökte samla sina tankar. Hon visste att de inte hade mycket tid, men hon visste också att de inte kunde ge upp nu.

"Vi måste tillbaka till skåran," sade hon. "Det är där allt började, och det är där det måste sluta."

Kapitel 30

Saga kände vinden piska mot ansiktet när hon tog det sista steget upp på fjällkammen. Erik och Bosse kom strax bakom, deras gevär redo, och deras andning tunga av ansträngningen.

"Det måste vara här," sade hon och pekade mot en klippskreva längre fram. Ett svagt ljus sken från öppningen, och en skugga rörde sig inuti.

Erik kisade mot ljuset. "Så de är här. Vad gör vi nu?"

Saga drog sitt vapen och vände sig mot de andra. "Vi går fram. Vi måste ta reda på vad de döljer."

Bosse rätade på ryggen och höll sitt gevär stadigt. "Vi har inte kommit så här långt för att backa nu."

De rörde sig försiktigt mot klippskrevan, varje steg en risk. När de kom närmare hörde de röster – låga, intensiva röster som diskuterade något.

Saga stannade vid öppningen och kikade in. Två män och en kvinna stod vid ett bord täckt med kartor och dokument. En av männen, klädd i en mörk jacka med huva, höll en ficklampa över bordet medan han pekade på en karta.

"Vi måste flytta allt ikväll," sade han. "De är för nära."

"Vad pratar de om?" viskade Erik.

"Bevis," svarade Saga. "De försöker gömma det vi letar efter."

Hon tog ett djupt andetag och signalerade till de andra att följa efter. "Låt oss göra det här."

Saga klev fram, vapnet riktat mot gruppen. "Stanna där ni är!"

De tre personerna stelnade till och vände sig om. Mannen med huvan höjde händerna långsamt, men hans blick var iskall. "Det här är ett misstag," sade han.

"Inte lika stort som ert," svarade Saga. "Vi vet vad ni har gjort. Magnus, Emma – allt."

Kvinnan tog ett steg fram, men Bosse höjde sitt gevär mot henne. "Stanna," sade han. "Jag har jagat älg som är mindre än dig."

Mannen med huvan log svagt. "Ni förstår inte vad ni har snubblat över. Det här handlar inte bara om en försvunnen man. Det här handlar om att skydda något mycket större än er själva."

Saga kände ilskan bubbla inom henne. "Ni dödar människor för att skydda era hemligheter. Vad är det för något som är så viktigt att det är värt människoliv?"

Mannen svarade inte direkt. Istället höjde han en hand och pekade mot bordet. "Titta själva. Ni kommer förstå."

Saga gick fram till bordet, fortfarande med vapnet i handen. Dokumenten var spridda över kartan – gamla fotografier, handskrivna anteckningar och ritningar av vad som såg ut som tunnlar under fjället.

Hon plockade upp ett fotografi och kände magen vända sig. Det var Magnus, tillsammans med flera av de andra i rummet. Men det som fångade hennes blick var det som låg i bakgrunden – vad som såg ut som en gammal gruva, fylld med något som glimmade i ljuset.

"Vad är det här?" frågade hon.

"En del av vår historia," svarade mannen kallt. "En historia som ni aldrig borde ha grävt i."

Plötsligt hördes ett skott, och bordet exploderade i träflisor. Saga kastade sig åt sidan och såg en fjärde person dyka upp från skuggorna, beväpnad och med ett tydligt mål – att tysta dem.

Erik och Bosse reagerade snabbt. Erik avfyrade sitt gevär, och kulan träffade angriparens axel. Personen föll bakåt med ett stön, men innan någon hann agera vidare började mannen i huvan att röra sig mot en ryggsäck vid bordet.

"Stanna!" ropade Saga och riktade sitt vapen mot honom.

Han ignorerade henne och sträckte sig mot något i väskan. Bosse sköt, och mannen föll ihop på golvet.

Kvinnan och den andre mannen försökte fly, men Erik lyckades stoppa dem genom att rikta geväret mot utgången. "Ingen rör sig," sade han, hans röst hård.

Saga samlade snabbt ihop så många dokument hon kunde innan hon vände sig mot de andra. "Vi måste härifrån innan fler dyker upp."

De tvingade de överlevande att lägga sig ner på marken och band deras händer med rep de hittade i rummet.

"Vad gör vi med dem?" frågade Erik.

"Vi lämnar dem här," svarade Saga. "Polisen får ta hand om dem. Vi har vad vi behöver."

Kapitel 31

Saga stirrade på dokumenten framför sig. Kartorna, anteckningarna och de gamla fotografierna kändes som pusselbitar som sakta föll på plats. Men bilden de målade upp var mörkare än hon hade föreställt sig.

"Det här var vad de försökte skydda," sade hon och pekade på en av kartorna. En tunnel som ledde rakt in i Drommens hjärta var markerad med symboler och datum. "En gruva. Men inte vilken som helst."

Erik böjde sig över bordet. "Vad menar du?"

Saga plockade upp ett fotografi och höll det upp för de andra. På bilden stod Magnus tillsammans med flera personer – några av dem kände hon igen från rummet tidigare. Men det som fångade hennes blick var det glittrande mineralet som Magnus höll i handen.

"Det är litium," sade hon tyst. "De har hittat en fyndighet här, och de har gjort allt för att hålla det hemligt."

Bosse rynkade pannan. "Så de dödar människor för en jävla sten?"

Saga skakade på huvudet. "Det handlar inte bara om litiumet. Det handlar om makt. Om pengar. Om att kontrollera något som kan förändra hela regionen."

Hon tog upp en av anteckningarna och läste högt: *"Om detta blir offentligt, är det slutet på allt vi byggt. Ingen får veta."*

"Magnus försökte avslöja det," fortsatte hon. "Han insåg vad de gjorde – att de var redo att förstöra liv för att skydda sina hemligheter. Och det kostade honom hans liv."

Saga bläddrade vidare bland dokumenten och hittade en handskriven anteckning som fick hennes blod att frysa. Det var Magnus handstil. *"Jag litar inte på Karin längre. Hon vet för mycket, och jag tror hon har förrått mig."*

Hon såg upp på de andra. "Det var Karin. Hon var en del av det här. Hon hjälpte dem att sätta dit honom."

Bosse svor lågt och slog näven i bordet. "Den jävla kvinnan. Hon har lurat oss alla."

"Det var hon som såg till att vi aldrig kunde komma nära sanningen," sade Saga. "Hon förgiftade oss, manipulerade oss. Och hela tiden arbetade hon för dem."

Ett ljud utanför fick dem alla att stanna. Saga höjde vapnet och signalerade åt Erik och Bosse att ta skydd. Dörren till stugan slogs upp, och två män stormade in, beväpnade och med mörka uttryck.

"Ni borde ha hållit er borta," sade en av männen kallt.

Saga svarade inte. Hon avfyrade sitt vapen, och kulorna slog mot väggen bakom männen. Erik och Bosse tog över, deras gevär ekade genom rummet, och männen föll tillbaka mot dörren.

Det var över på några sekunder. Men ljudet av skottlossningen hade gjort det tydligt att de inte var säkra längre.

"Vi måste härifrån," sade Saga.

De samlade ihop alla dokument och lämnade stugan i all hast. När de nådde skåran såg Saga tillbaka en sista gång. Hon visste att detta bara var början – att det fanns fler där ute som var villiga att göra vad som helst för att skydda hemligheten.

"Vad gör vi nu?" frågade Erik.

Saga höll upp dokumenten. "Vi tar det här till polisen. Till media. Vi ser till att världen får veta vad som hände här."

Bosse nickade. "Men vi ser också till att hålla oss vid liv medan vi gör det."

När de började gå ner från fjället kände Saga en tyngd i bröstet. Hon tänkte på Magnus, på Emma, på Thorne. De hade förlorat så mycket, och sanningen hade kostat dem nästan allt.

Men hon visste att det fanns hopp. Det fanns fortfarande tid att göra rätt.

Och om det innebar att hon behövde slåss mot fler av dem som dolde sig i skuggorna, då var hon redo.

Epilog

Thorne kände den skarpa doften av rengöringsmedel och den mjuka tyngden av en filt över bröstet innan han öppnade ögonen. Rummet var vitt och sterilt, och en maskin pep svagt vid hans sida. Han försökte röra sig, men en skärande smärta i sidan fick honom att grimasera.

"Sakta ner, cowboy," sade en röst från hörnet av rummet. Saga satt i en stol, med armarna korsade över bröstet och ett svagt leende på läpparna.

Thorne försökte tala, men hans röst var hes. "Lever jag?"

"Med nöd och näppe," svarade hon. "Men ja. Och du har Bosse och Erik att tacka för det."

Thorne lutade huvudet tillbaka mot kudden och slöt ögonen. "Var är de nu?"

Saga reste sig och gick fram till sängen. "De är tillbaka i byn. Bosse försöker övertyga Erik att pensionärer också behöver vila. Det går sådär."

Thorne skrattade svagt, men smärtan i hans sida fick honom att tystna snabbt. "Vad hände?"

Saga satte sig ner och började förklara. Hon berättade om deras flykt från fjället, om hur polisen hade gripit de kvarvarande medlemmarna i sammanslutningen och om hur Karin hade arresterats efter att dokument kopplat henne direkt till Magnus död hade hittats.

"De försökte gömma allt," sade hon. "Men vi hittade tillräckligt för att spräcka deras lilla imperium."

På polisstationen i Östersund satt Karin ensam i ett förhörsrum. Hennes händer vilade på bordet framför henne, och hennes blick var fixerad på den grå väggen. Hon såg äldre ut nu, tyngd av månader av lögner och skuld.

Dörren öppnades, och en polis klev in med en tjock bunt papper i handen. "Vi har allt vi behöver," sade han och slog sig ner mittemot henne. "Dokumenten från grottan. Vittnesmål från Saga och Erik. Och bevis för att du var en aktiv del av Magnus död."

Karin såg på honom utan att blinka. "Ni förstår inte vad vi försökte skydda," sade hon.

"Nej," svarade polisen kallt. "Men vi förstår att ni dödade för det. Och det är tillräckligt.

Nyheterna om litiumfyndigheten spreds snabbt, och polisen gjorde razzior i både byn och fjällen. Det blev tydligt att sammanslutningen hade utnyttjat fjället i flera år, dolt sina aktiviteter och eliminerat alla hot mot deras verksamhet.

Men trots gripandena och fynden fanns det fortfarande frågor som förblev obesvarade. Några av medlemmarna i sammanslutningen hade undkommit, och flera dokument antydde att organisationen var större än bara byn.

Saga stod på Drommens topp och såg ut över fjället. Det hade gått flera veckor sedan deras sista strid, men hon kunde fortfarande känna tyngden av allt de hade förlorat.

Hon tänkte på Magnus, Emma och alla andra som hade drabbats av sammanslutningens girighet. Men hon tänkte också på Erik och Bosse, på

Thorne, och på att de trots allt hade lyckats avslöja sanningen.

Hennes telefon vibrerade, och hon svarade utan att tänka.

"Det är klart," sade Erik. "De har stängt ner allt. Gruvan, tunnlarna – allt är igenbommat."

"Bra," svarade Saga. "Det är vad Magnus skulle ha velat."

Thorne satt vid ett köksbord, med ett glas whisky i handen och en hög med papper framför sig. Han var tillbaka hemma, men han kunde inte skaka av sig känslan av att något fortfarande låg kvar i skuggorna.

På bordet låg Sagas anteckningsbok. Hon hade lämnat den till honom innan hon åkte. På första sidan hade hon skrivit:

"Vi gjorde det. Men det är inte över än. Vila – vi behöver dig igen."

Thorne log svagt och tog en klunk av whiskyn. "Rädd mig en annan gång, Saga," mumlade han för sig själv.

På väg ut från polisstationen tittade Karin över axeln och mötte Sagas blick genom fönstret. Det var något i hennes ögon – inte rädsla, inte skuld, utan något som liknade triumf.

Saga kände en kall ilning längs ryggen. Trots allt de hade hittat och allt de hade avslöjat kunde hon inte skaka av sig känslan av att det inte var över. Att sammanslutningen fortfarande fanns kvar, någonstans i skuggorna, och väntade på rätt ögonblick.